I0754017

L'OMBRE DU TRÔNE DE FER

TOME I

MARCO
MACALUSO

L'OMBRE DU TRÔNE DE FER

TOME I

Histoire, dynasties et figures fondatrices

Édition Épopée Nocturne

Publié par Épopée Nocturne
Une marque éditoriale de 70HILLS Group
Mons, Belgium

ISBN 978-2-9604142-0-2
Dépôt légal : Février 2026

Tome I
Histoire, dynasties et figures fondatrices

Tome II
Mondes et territoires

Tome III
Politique, religion et mécaniques du pouvoir

Édition Épopée Nocturne

Table des matières

Les légendes ne naissent jamais seules,
elles héritent toujours d'un passé.

Préface

Dans l'ombre des légendes

Je me souviens encore de la première fois où j'ai vu les murailles de Winterfell s'élever à l'écran. Ce n'était pas seulement un décor de fiction, mais l'écho d'un Moyen Âge rêvé, familier, presque tangible. L'univers de Game of Thrones fascine parce qu'il semble à la fois étranger et proche. Dragons, magie, empires disparus : tout cela relève de la fantasy. Et pourtant, derrière le voile du merveilleux, transparaissent des échos de notre propre passé. George R. R. Martin n'a pas seulement inventé un monde, il a réactivé, par le prisme du roman, des dynamiques universelles : celles des luttes pour le pouvoir, des empires fragiles, des peuples en révolte et des mémoires qui refusent de s'éteindre.

Depuis l'enfance, l'Histoire m'accompagne. Elle n'a cessé de nourrir ma curiosité et mon regard, façonnant une passion durable pour les récits de civilisations disparues et les conflits qui les ont traversées. À travers les livres, les cartes anciennes et les chroniques, j'ai appris à lire le passé comme une trame de récits, une matière vivante. C'est ce regard qui, en découvrant Game of Thrones, m'a immédiatement conduit à y voir autre chose qu'une simple saga de fantasy : une fresque historique à peine masquée, où chaque intrigue résonne avec notre mémoire collective, où la fiction se fait miroir des passions humaines.

Car les mythes et les récits épiques ont toujours accompagné les sociétés humaines. Ils traduisent en images ce que l'Histoire seule ne parvient pas à dire : la peur du chaos, la fascination pour le pouvoir, le vertige du destin. Game of Thrones, à sa manière, s'inscrit dans cette continuité millénaire, celle des récits qui transforment la mémoire en légende et la légende en vérité symbolique.

Cet essai est né de cette conviction. Il s'appuie avant tout sur la série télévisée, revue et analysée d'innombrables fois, mais aussi sur les romans originaux, lus dans leur langue pour en saisir toutes les nuances. Ma démarche est comparatiste : rapprocher la fresque imaginée par Martin des dynamiques réelles de notre passé, éclairer le plaisir de lecture par la profondeur des résonances historiques. Car la fiction n'est jamais coupée du réel : elle en est l'écho, souvent le miroir, mais plus encore l'ombre portée.

Ce premier livre pose les fondations humaines et dynastiques. Les volumes suivants élargiront l'analyse aux territoires, puis aux mécaniques politiques et spirituelles du pouvoir.

Ainsi est née la collection Les Arcanes du Trône de Fer. En confrontant la fiction à la mémoire des civilisations, j'espère révéler ce que Martin a saisi avec une force rare : la permanence des luttes humaines, la fragilité des empires, l'ambivalence de la mémoire et ce besoin immémorial que nous avons de transformer notre passé en légendes.

Explorer Game of Thrones, c'est comprendre que derrière les dragons et les trônes se cache une méditation sur notre propre histoire. Ce livre est une invitation à explorer les racines historiques, ces échos médiévaux qui résonnent derrière chaque page et chaque scène.

Note au lecteur

Les analyses et démonstrations proposées dans cet ouvrage s'appuient sur des moments précis de Game of Thrones. Si vous souhaitez revoir ou relire certaines scènes évoquées au fil des chapitres, une chronologie détaillée est mise à votre disposition à la fin du volume.

Cette chronologie indique, pour chaque événement mentionné, sa localisation dans la série télévisée, saison et épisode, ainsi que, lorsque cela est possible, son équivalent dans les romans de George R. R. Martin, tome et chapitre en version originale. Lorsque des divergences existent entre ces deux versions, l'analyse privilégie les dynamiques historiques, symboliques et politiques communes, plutôt qu'un canon strictement figé.

Elle a été pensée comme un outil de retour. Elle permet de revivre un moment clé après la lecture d'un chapitre, ou de redécouvrir une scène connue avec une clé de lecture nouvelle, éclairée par les enjeux historiques, politiques ou symboliques développés dans ce livre.

Vous pouvez y revenir librement, à votre rythme, pour prolonger la réflexion ou simplement regarder à nouveau une scène en portant attention à ce qui, jusqu'ici, pouvait passer inaperçu.

L’ombre du Trône de Fer
TOME I

Introduction

Aux racines des lignages et des figures fondatrices

Avant les batailles, il y a des noms. Avant les cartes et les frontières, il y a des lignages. Avant les idéologies et les cultes, il y a des femmes et des hommes qui héritent, trahissent, espèrent et gouvernent.

L'univers du Trône de Fer ne naît pas d'une création ex nihilo, mais d'une superposition de strates historiques. Chaque maison porte un passé, chaque personnage hérite d'un monde déjà ancien, façonné par des siècles de conflits, d'alliances et de mémoires enfouies. Comprendre Westeros ne consiste donc pas d'abord à suivre une intrigue, mais à remonter aux racines humaines et dynastiques qui conditionnent les choix, les drames et les chutes.

Ce premier tome se concentre volontairement sur ces fondations. Il ne cherche ni à embrasser l'ensemble du monde imaginé par George R. R. Martin, ni à proposer une lecture exhaustive de la saga. Il s'attarde sur ce qui, dans l'ombre, structure tout le reste : les maisons et les figures qui leur donnent chair. Car dans l'histoire réelle comme dans la fiction, les territoires ne prennent sens qu'à travers ceux qui les habitent, les gouvernent ou les convoitent.

Les Grandes Maisons de Westeros ne sont pas de simples emblèmes héraldiques. Elles sont des constructions politiques, sociales et culturelles, inspirées de dynasties bien réelles, marquées par les guerres de succession, la diplomatie matrimoniale, le crédit, la terreur ou l'isolement géographique. Chacune incarne une manière de concevoir le pouvoir et une réponse particulière à une question intemporelle : comment durer dans un monde instable ?

Mais une maison n'est jamais qu'un cadre. Ce sont les individus qui, par leurs décisions, leurs failles et leurs ambitions, transforment une structure en destin. Les protagonistes du Trône de Fer, conseillers, souverains, prétendants ou survivants, prolongent et parfois trahissent l'héritage qu'ils reçoivent. Ils rappellent que l'Histoire ne se joue pas seulement dans les institutions, mais aussi dans les tempéraments, les blessures intimes et les circonstances imprévues.

Ce volume adopte ainsi une double approche. Il examine d'abord les dynasties comme des entités politiques, en mettant en lumière leurs racines historiques, leurs symboles et leurs logiques de pouvoir. Il s'attarde ensuite sur les figures qui les incarnent ou s'en affranchissent, en les rapprochant de types humains bien connus de notre propre passé : le stratège sans couronne, la reine diabolisée, le conquérant fatigué, l'idéaliste broyé par le réel.

Les tomes suivants élargiront progressivement le regard. Après les hommes et les lignages viendront les territoires, les peuples et les cultures de Westeros, puis les guerres, les croyances et les mécaniques profondes du pouvoir. Mais ce chemin commence ici, au plus près des racines humaines, là où l'Histoire prend visage.

Car avant d'explorer les cartes et les batailles, il faut d'abord comprendre ceux qui montent sur le trône, et ceux qui, dans son ombre, en façonnent la chute.

PARTIE I | Aux sources de Westeros

Contexte et influences de George R. R. Martin

Chapitre 1

Contexte et influences de George R. R. Martin

« La vérité est toujours plus étrange que la fiction. Mais la fiction, elle, doit sembler vraie. » George R. R. Martin

1. Un architecte de mondes

George Raymond Richard Martin, né en 1948 à Bayonne, dans le New Jersey, n'a pas grandi dans les grandes salles d'un château, mais dans un quartier ouvrier, au bord d'un port. L'enfant qu'il était passait des heures à lire des comics, à collectionner des figurines miniatures, à se perdre dans les cartes et atlas du monde. Très tôt, il comprit qu'il existait un territoire où il pouvait voyager sans passeport : l'imagination.

Pour Martin, écrire n'était pas seulement raconter une histoire : c'était construire un monde crédible, avec son économie, sa politique, sa religion et ses peuples. Il voulait que chaque pierre de ses cités, chaque drapeau sur ses murailles, ait un poids, une histoire, une mémoire.

2. Un cœur dans l'Histoire, une plume dans la Fantasy

Si Tolkien avait bâti la Terre du Milieu sur des mythes nordiques et anglo-saxons, Martin, lui, puisa à une source plus rugueuse : l'Histoire médiévale réelle, avec ses trahisons, ses alliances de circonstances, ses batailles sanglantes et ses héros brisés.

La Guerre des Deux-Roses, qui opposa les maisons York et Lancaster, trouve un écho direct dans la rivalité inexpiable entre Stark et Lannister.

L'**Anarchie anglaise**, ce royaume fracturé livré aux ambitions des barons, résonne dans les déchirures incessantes de Westeros, où l'autorité vacille au gré des trahisons.

Et plus loin encore, les **croisades** et la **Reconquista** nourrissent l'imaginaire des cités libres, où se croisent cultures, religions et ambitions impériales dans un entrelacs d'échanges et de violences.

Martin ne cherchait pas la perfection héroïque, mais le réalisme brutal : dans son univers, la justice n'est pas garantie, le destin n'épargne pas les vertueux et l'innocence se paie souvent du prix le plus lourd.

3. L'alchimie des influences

George R. R. Martin n'a pas seulement ouvert les livres d'Histoire ; il a aussi absorbé la littérature, le théâtre et le cinéma. Parmi ses lectures fondatrices, la fresque de Maurice Druon, Les Rois Maudits, lui offrit un modèle de complots, d'empoisonnements et de luttes dynastiques, dont on retrouve l'écho dans le ton politique de Westeros. Shakespeare, lui, insuffla ses ombres : l'ambition dévorante et la folie de Macbeth, les intrigues tortueuses et les héritiers contestés de Richard III d'Angleterre.

À ces racines théâtrales s'ajoutèrent les sagas nordiques, pleines de sang, d'honneur et de vengeance, qui nourrirent la rudesse du Nord et les traditions des Stark. Enfin, la mythologie grecque et romaine apporta ses tragédies : des destins brisés par l'orgueil, des oracles trompeurs, des rois aveuglés par leur grandeur. Chaque influence, loin d'être copiée, devint un fil dans une vaste tapisserie où Martin tissait son propre monde.

4. Le choix de la grisaille morale

Là où tant de récits séparent nettement le bien et le mal, Martin s'attarde dans les zones d'ombre. Ses personnages sont façonnés par leurs blessures, leurs ambitions, leurs peurs. Un héros peut devenir tyran, un traître peut sauver un royaume.

Ce choix narratif a une racine historique : l'Histoire réelle est grise. Les grands souverains furent souvent cruels, les révolutionnaires parfois corrompus, les chevaliers parfois lâches. La guerre médiévale, loin de l'imagerie romantique, était un mélange de gloire et de boue, de loyauté et de trahison.

Shakespeare, Druon, les sagas nordiques : tous ont montré que les héros sont faits de contradictions. Martin a poussé cette logique encore plus loin : il n'y a pas de héros purs, seulement des hommes et des femmes pris dans les engrenages de leur époque.

5. L'Histoire comme squelette, la fiction comme chair

Martin a souvent dit : « Je ne suis pas un écrivain de fantasy, je suis un écrivain d'Histoire... avec des dragons.» Le squelette de son œuvre, ce sont les événements réels : batailles, mariages politiques, rivalités dynastiques. La chair, ce sont ses inventions : dragons, marcheurs blancs, prophéties.

Ainsi, Port-Réal doit autant à Londres médiévale qu'à Constantinople, Braavos à Venise et Meereen à Carthage. Les personnages naissent de figures historiques, mais sont réinventés, amplifiés, parfois déformés pour servir le drame.

6. La poésie des ruines

Ce qui frappe dans l'univers du Trône de Fer, c'est qu'il semble ancien, même lorsqu'on le découvre pour la première fois. Les châteaux sont ébréchés, les royaumes fatigués, les légendes brisées par le temps.

Ce sentiment vient d'une vérité que Martin a comprise : tout pouvoir est fragile. Les empires s'effondrent, les lignées s'éteignent, les noms gravés dans la pierre finissent effacés par le vent.

C'est là que réside la poésie de Westeros : dans la beauté mélancolique des civilisations qui se savent mortelles.

7. Un serment au lecteur

En plongeant dans ce livre, vous marcherez sur deux routes parallèles. La première vous conduira à Westeros, royaume peuplé de dragons, de rois et de luttes pour le pouvoir. La seconde vous ramènera à notre propre Histoire, traversée de guerres et d'intrigues bien réelles.

Martin a dressé un miroir devant notre passé. À travers la fiction, il nous rappelle que la soif de pouvoir, l'orgueil et l'espoir sont éternels.L'ombre du Trône de Fer plane ainsi sur notre monde comme sur le sien.

Ces bouleversements politiques et sociaux du Moyen Âge ne sont pas qu'un arrière-plan : ils nourrissent la construction des Grandes Maisons de Westeros, véritables dynasties inspirées des lignages historiques d'Europe et d'ailleurs

PARTIE II | Dynasties et figures du pouvoir

Les Grandes Maisons

Les Protagonistes : miroirs de l'Histoire et de l'âme

Chapitre 2

Les Grandes Maisons

« Le pouvoir réside où les hommes croient qu'il réside. » - Varys

STARK - Les gardiens du nord

La maison Stark condense plusieurs héritages historiques qui expliquent à la fois sa force et sa fragilité. Leur modèle principal est celui des York, acteurs de la Guerre des Deux-Roses. Comme eux, ils incarnent une légitimité ancienne, enracinée dans une région périphérique dont ils sont à la fois les produits et les protecteurs. À l'instar des York, leur autorité repose sur la fidélité locale, non sur la brillance des cours.

À ce socle anglais s'ajoute l'expérience des Border Lords anglo-écossais, tels les Percy ou les Neville. Ces seigneurs de marche, habitués aux incursions brutales et aux trêves incertaines, développaient une culture rude où le serment et la vengeance comptaient davantage que la loi royale. Cet héritage explique la patience politique des Stark, leur attachement à la parole donnée et leur difficulté à composer avec le cynisme méridional.

Enfin, une dimension scandinave complète leur identité : stoïcisme face au climat, traditions transmises par l'oralité, culte des anciens dieux et sacralité des forêts. Comme en Islande médiévale, la nature y devient garante des serments, donnant à leur culture une profondeur archaïque qui les isole encore davantage du reste du royaume.

Politiquement, les Stark incarnent une maison-frontière. Dans leur Nord, ils tirent une puissance redoutable de la loyauté collective : une armée soudée par l'honneur et une population attachée à sa lignée seigneuriale. Mais cette même rectitude devient un handicap lorsqu'ils affrontent Port-Réal : là où le Sud pratique l'art de la duplicité et du calcul, les Stark persistent à croire au poids du serment. L'opposition est moins militaire que culturelle : fidélité enracinée contre loyauté achetée, endurance silencieuse contre ruse instantanée.

Leur symbole, le loup, reflète ce principe politique : la force vient de la meute, non de l'individu isolé. Un modèle communautaire qui s'oppose à l'héroïsme solitaire des chevaliers du Sud. On retrouve ici l'esprit des Border Reivers (XVe - XVIIe siècle), clans des Marches vivant d'élevage, de raids et de contrebande, pour qui l'honneur se jurait « par la main gauche » et dont la vengeance pouvait attendre des décennies. Les Stark en héritent directement : pour eux, l'honneur n'est pas décoratif mais une dette, qu'il faut payer jusqu'au bout.

LANNISTER - L'or, la dette et le lion

La maison Lannister s'appuie sur deux références historiques majeures. D'un côté, les Lancaster, rivaux des York dans la Guerre des Deux-Roses, qui donnent leur nom et leur rôle d'opposants aux Stark. De l'autre, les dynasties bancaires des républiques marchandes italiennes comme les Médicis, Bardi, Peruzzi qui, au XIVe siècle, finançaient rois et papes, imposant par le crédit ce que les armées seules ne pouvaient obtenir. Martin transpose directement ce modèle : les Lannister sont les banquiers féodaux de Westeros, maîtres d'un pouvoir qui repose moins sur le sang versé que sur l'or prêté.

Leur fief, Castral Roc, fonctionne comme un Gibraltar féodal : forteresse côtière, coffre-fort minéral et verrou stratégique sur les routes maritimes. Cette dimension rappelle à la fois les places fortes de Méditerranée (Amalfi, Monaco, Gênes) et les châteaux-ports du monde médiéval, où commerce, défense et politique se confondaient.

Politiquement, les Lannister incarnent une logique de domination par le crédit. Leur maxime « Un Lannister paie toujours ses dettes » agit comme un instrument de dissuasion : prêter, c'est asservir ; payer rubis sur l'ongle, c'est fixer les règles du jeu. Leur force ne réside pas tant dans la gloire militaire que dans la solvabilité : une campagne financée vaut mieux que dix batailles improvisées. Comme les Médicis ou les Fugger, ils prouvent que l'autorité peut se monnayer : un royaume solvable inspire la crainte autant que l'admiration.

Mais cette stratégie recèle une faiblesse. Leur autorité inspire davantage la peur de la ruine que la fidélité volontaire. Comme les grands banquiers italiens, ils sont redoutés mais rarement aimés. Leur pouvoir est brillant à court terme, mais il accumule une dette invisible : la rancune de leurs débiteurs, toujours prêts à se libérer du joug économique.

Leur emblème, le lion, s'enracine dans l'héraldique européenne : il incarne le jus gladii, le droit souverain d'exercer justice et guerre. Mais chez les Lannister, cette légitimité passe autant par le glaive que par le compte de banque : leur lion est à la fois roi et usurier. Quant à Lannisport, cité marchande, elle fonctionne comme une Bruges ou une Gênes miniatures, où l'activité économique s'intègre directement au pouvoir politique.

L'histoire médiévale en donne un parallèle frappant : au XIVe siècle, les rois d'Angleterre Édouard III et Richard II menèrent leurs guerres grâce aux prêts colossaux des banquiers Bardi et Peruzzi. Lorsque ces maisons firent faillite, les campagnes militaires cessèrent aussitôt. Tywin Lannister aurait compris cette leçon mieux que quiconque ; l'or n'achète pas seulement des épées, il décide si la guerre peut exister.

BARATHEON - Marteaux d'orage et succession bancale

La trajectoire des Baratheon rappelle directement celle des Tudor. Comme Henri VII, qui obtint la couronne d'Angleterre à Bosworth en 1485 avant de l'assurer par un mariage stratégique avec la maison rivale, Robert Baratheon conquiert le trône par les armes et scelle son autorité par son union avec Cersei Lannister. Mais à l'image de Henri VIII, son fils dépensier et instable, Robert se révèle incapable de gouverner : sa victoire éclatante sur les Targaryen cède la place à un règne miné par l'ivrognerie, la chasse et l'abandon du pouvoir aux intrigues de Port-Réal.

Leur fief, Accalmie, incarne ce paradoxe. Forteresse côtière réputée imprenable, elle rappelle les châteaux bretons et normands : murs massifs, voûtes conçues pour encaisser tempêtes et sièges. Comme nombre de bastions médiévaux, elle est autant un symbole psychologique qu'un outil militaire que l'ennemi peut assiéger, mais jamais soumettre.

Cette architecture exprime la force défensive d'une maison qui, politiquement, peine pourtant à durer. Les Baratheon révèlent les contradictions des monarchies de conquête. Leur légitimité repose d'abord sur la victoire militaire, éclatante mais vite épuisée. Une seconde tendance s'incarne dans un légalisme rigide, proche du Richard III d'Angleterre : obsédé par la succession et l'ordre, mais incapable de rallier durablement l'opinion.

Enfin, une troisième orientation privilégie le charisme personnel, stratégie brillante mais fragile, qui séduit les foules sans offrir de socle institutionnel solide. Ces trois voies se heurtent sans jamais se compléter, condamnant la dynastie à l'instabilité. Leur culture politique se lit dans leurs symboles, le cerf, noble et puissant mais vulnérable lorsqu'il s'isole, le marteau de guerre, arme de Robert, qui ne recherche pas l'élégance chevaleresque mais l'efficacité brute. Le marteau brise les heaumes autant que l'illusion d'un pouvoir raffiné : il dit la brutalité de la conquête, mais aussi son incapacité à s'inscrire dans la durée.

L'histoire des Tudor éclaire parfaitement cette fragilité. Leur formule de légitimation peut se résumer ainsi : illégitimité + victoire militaire + mariage stratégique = dynastie. Henri VII réussit à transformer ce fragile équilibre en lignée durable. Robert Baratheon applique la même équation, mais échoue à consolider son règne : sa maison, incapable de passer de la conquête à la gouvernance, s'effondre avant même d'avoir trouvé sa stabilité.

TARGARYEN - Byzance en exil, Plantagenêt en flammes

Les Targaryen condensent plusieurs héritages historiques qui expliquent à la fois leur éclat et leur fragilité. Leur premier miroir est celui des Plantagenêt, Valois et Habsbourg, dynasties rongées par les guerres de succession et par l'endogamie, où la consanguinité servait à préserver la légitimité mais engendrait rivalités et dégénérescence. Cette obsession du sang pur, reprise par Martin, devient à la fois le ciment et le poison de la maison.

À cet héritage s'ajoute la tradition impériale de Byzance : splendeur cérémonielle, étiquette rigide, intrigues de palais où le pouvoir se joue dans la subtilité des alliances autant que dans la théologie du trône. Comme Constantinople, Peyredragon fonctionne comme une capitale en exil, bastion réduit mais porteur de la mémoire d'un empire disparu.

Un troisième parallèle s'impose avec l'Égypte pharaonique : sacralité absolue de la lignée, mariages consanguins justifiés par une continuité divine, roi-prêtre dont le règne est autant religieux que politique.

Politiquement, les Targaryen incarnent la tragédie des dynasties de conquête. Leur pouvoir repose sur la supériorité militaire et plus précisément sur une arme technologique : les dragons, équivalents médiévaux d'une force nucléaire. Mais dès que cet avantage décline, leur autorité s'effondre : la peur disparaît, la loyauté n'a jamais eu le temps de s'installer. Leur histoire est scandée par des guerres de succession, dont la Danse des Dragons constitue le sommet tragique, révélant l'absence de règles claires et la fragilité de leur légitimité.

Leur identité politique repose sur une ambiguïté permanente : élite étrangère installée sur Westeros, ils n'ont jamais réussi à se fondre pleinement avec les grandes maisons locales. Leur autorité est davantage fascination que loyauté, davantage crainte que consensus. Leur devise implicite pourrait être : régner par l'exception, jamais par l'intégration.

Leurs symboles prolongent ce paradoxe : le dragon, figure impériale de la Chine aux Romains tardifs, arme autant qu'emblème de souveraineté unique ; le sang pur, sacralisé au détriment de l'efficacité politique, comme dans l'Égypte antique ; et enfin la théologie du trône, où régner revient à incarner un ordre cosmique autant qu'un gouvernement terrestre.

Un parallèle saisissant se retrouve dans la chute de Byzance en 1453 : lorsque Constantinople tombe, ses érudits fuient vers l'Ouest, transportant manuscrits et savoirs qui nourriront la Renaissance. Les Targaryen rejouent ce scénario : une élite survivante en exil, porteuse de mémoire et de techniques, mais condamnée à vivre dans l'ombre d'une grandeur perdue. Comme certains pharaons tardifs, ils portent leur propre mythe comme une armure jusqu'à ce que son poids les écrase.

GREYJOY - Le prix du sel et du fer

La maison Greyjoy s'inspire directement de l'histoire des Vikings (IXe - XIe siècle) et des seigneurs-pirates (Raubritter) qui vivaient du pillage maritime. Leur économie de survie repose sur le raid, la rançon (danegeld) et la maîtrise des mers difficiles, à l'image des marins scandinaves qui imposèrent tribut et terreur aux royaumes voisins. Les Îles de Fer, terres pauvres et stériles, évoquent les archipels nordiques comme les Shetland ou les Féroé : incapables de prospérer par l'agriculture, leurs habitants recourent à une violence extractive.

La rudesse de ce milieu façonne une société où la compétence prime sur le statut, y compris pour les femmes. Les sagas évoquent les skjaldmö (guerrières) et des veuves capables de financer ou de commander des expéditions. Cette tradition se retrouve chez Yara Greyjoy, capitaine redoutée et stratège respectée, qui ne doit son autorité ni à son sexe ni à son lignage mais à son audace et à son habileté navale.

Politiquement, les Greyjoy incarnent une culture de la prédation maritime. Leur devise, « Nous ne semons pas », condense leur logique : vivre de pillage plutôt que de production. Ce modèle, identique à celui des sociétés vikings, fonctionne tant que les voisins restent divisés ou mal défendus. Mais il devient intenable dès que les royaumes continentaux s'unissent et protègent leurs côtes. Comme les Vikings ou les pirates des Caraïbes, leur prospérité est intermittente, leur effondrement inévitable face à des États centralisés.

Leur religion renforce cette culture de l'épreuve : le culte du Dieu Noyé s'inspire des divinités maritimes nordiques (Njörd, Ægir) et repose sur un rite initiatique de renaissance par l'eau. Cette liturgie, proche d'un baptême ou d'une ordalie, consacre une idée fondamentale : seule la souffrance forge la légitimité. Endurer la noyade pour renaître, c'est prouver sa valeur à la fois devant les hommes et devant les dieux.

Leur organisation politique reproduit le modèle du Thing viking : assemblée où le chef se choisit par charisme et force, non par droit strictement héréditaire. Ce système donne un poids particulier aux figures capables de rallier une flotte par leur prestige. Les femmes y trouvent une place si elles savent commander : Yara en est l'illustration vivante. Quant à leur outil principal, les galères légères, il incarne une stratégie d'avant-garde : frapper vite, charger, disparaître, le hit-and-run médiéval.

Les sagas nordiques offrent des parallèles frappants. On y trouve Lagertha, qui mena des troupes au combat et Freydís Eiríksdóttir, qui navigua jusqu'au Vinland et affronta seule ses ennemis. Yara Greyjoy (Asha dans les livres) s'inscrit dans cette tradition : chef intrépide, refusant le rôle secondaire que son frère Theon lui destinait, elle prolonge l'héritage des guerrières scandinaves, pour qui la légitimité se mesurait dans l'action et non dans la naissance.

MARTELL - Le désert n'incline pas

Les Martell trouvent leur modèle historique dans les royaumes d'al-Andalus : l'Émirat de Cordoue, le Califat omeyyade puis les taïfas, ces principautés frontalières capables de survivre entre des puissances plus grandes grâce à un subtil mélange de diplomatie, de mobilité militaire et de ruse stratégique. Comme la Grenade nasride, dernier bastion musulman en Espagne, Dorne a résisté aux conquêtes en privilégiant les mariages et les alliances plutôt que la bataille frontale.

Militairement, leurs tactiques rappellent celles des jinetes, cavaliers légers andalous : rapides, insaisissables, frappant avant de disparaître. Dans l'univers de Westeros, cela se traduit par une doctrine de la mobilité et de l'évitement, adaptée à un territoire aride et difficilement pénétrable. Dorne ne fut jamais conquis par les Targaryen au prix du sang, mais par un mariage, ce qui en dit long sur la souplesse de sa stratégie.

Politiquement, les Martell incarnent une dynastie de résilience. Leur devise "Insoumis, Invaincus, Infracturés" condense une philosophie : éviter l'usure d'une guerre frontale, privilégier la guérilla et les alliances. C'est une diplomatie militaire où la survie compte plus que la gloire. Cette plasticité politique s'exprime aussi dans leur droit successoral : à Dorne, les femmes héritent et transmettent les titres, contrairement au reste de Westeros soumis à une stricte loi salique. Ce modèle, proche de certaines coutumes ibériques et mauresques où dots et lignages féminins jouaient un rôle majeur, donne aux Martell un avantage stratégique : multiplier les options matrimoniales et renforcer leur influence diplomatique.

Leurs symboles traduisent cette adaptation à un milieu rude. Les armes légères et les poisons reflètent l'économie des moyens : en terre aride, on préserve le fer, l'eau et les vies. Les jardins irrigués rappellent l'ingénierie hydraulique andalouse, norias, qanats, canaux souterrains, qui transformait le désert en oasis, image d'une culture où la patience et la technique l'emportent sur la brutalité. Leur emblème, la lance et le soleil, condense cette identité : une arme et une énergie vitale, chaleur maîtrisée par l'art de la guerre.

Cette fusion entre culture et martialité se retrouve dans la figure d'Oberyn Martell, prince lettré et combattant, qui incarne l'idéal andalou du guerrier savant. Comme Abd al-Rahman Ier, fondateur de l'émirat de Cordoue, ou Boabdil, dernier roi de Grenade, Oberyn est à la fois diplomate, stratège et esthète, maître dans l'art de survivre en maniant aussi bien la lance que la parole.

TYRELL - Grandir fort, par la fleur et la dot

Hautjardin est l'équivalent de la Beauce et de la vallée de la Loire réunies : terres fertiles, vignobles, climat doux, raffinement culturel. Comme les châteaux français de la Renaissance, c'est à la fois un grenier à blé et une cour brillante, lieu de prospérité et de séduction. Cette abondance offre aux Tyrell une puissance singulière : leur arme principale n'est pas la guerre, mais la nourriture.

Leur stratégie rappelle directement celle des Habsbourg. Leur maxime « Bella gerant alii, tu felix Austria nube » (Que d'autres fassent la guerre ; toi, heureuse Autriche, marie-toi) résume une politique d'alliances matrimoniales qui permit aux Habsbourg de bâtir un empire sans batailles décisives. De même, les Tyrell pratiquent une diplomatie nuptiale : beauté, richesse et dots deviennent des instruments d'influence, transformant chaque mariage en conquête pacifique.

Politiquement, les Tyrell incarnent la puissance nourricière. Dans l'Europe féodale, contrôler les greniers, c'était dicter ses conditions aux rois. Un seigneur qui pouvait approvisionner une capitale ou une armée en campagne disposait d'un levier plus efficace qu'une victoire militaire. Les Tyrell reproduisent cette logique : qui nourrit commande. Là où les Lannister imposent par l'or et les Stark par l'honneur, eux imposent par le pain. Les royaumes voisins peuvent se croire supérieurs, mais ils dépendent de leur logistique agricole, une dépendance invisible mais implacable.

Cette position favorise une politique de patience et d'infiltration. Plutôt que de conquérir, ils préfèrent séduire, négocier et tisser des réseaux d'alliances. Leur stratégie est celle de la croissance silencieuse : accumuler richesses et unions jusqu'au moment opportun. Leur devise, « Grandir fort », résume cette vision : prospérer à l'ombre avant de s'imposer.

Leurs symboles reflètent cette identité. La rose dorée, emblème de beauté et de fertilité, fonctionne comme un équivalent méridional de la fleur de lys française. Mais là où la fleur de lys affirmait la sacralité monarchique et la continuité dynastique des Capétiens, la rose met en avant la prospérité des terres et la fécondité. Elle n'exprime pas une transcendance religieuse, mais une stratégie politique : séduire, nourrir, puis dominer. En ce sens, elle est l'arme la plus subtile des Tyrell : une fleur qui charme mais dont les épines piquent au moment décisif.

L'histoire médiévale en fournit un parallèle frappant : au XVe siècle, la Bourgogne utilisait ses banquets et ses tournois comme autant de négociations déguisées. De même, les Tyrell font de leur hospitalité une arme stratégique. Leur table est aussi redoutable que la catapulte des Lannister : elle nourrit non seulement les estomacs, mais aussi les ambitions.

ARRYN - La citadelle de l'air

Les Eyrié évoquent immédiatement Montségur et les nids d'aigle cathares des Pyrénées : forteresses perchées à plus de 1 200 mètres, imprenables par assaut mais vulnérables aux blocus. Leur équivalent se retrouve aussi dans les forteresses arméniennes comme Amberd ou dans les châteaux de crête byzantins d'Anatolie, tous conçus pour dominer des vallées entières par la topographie. Ici, le relief devient une arme : l'ennemi s'épuise sur des sentiers escarpés, exposé aux projectiles... mais la force de l'altitude cache une faiblesse structurelle, car couper l'approvisionnement suffit à transformer la citadelle en prison.

Politiquement, la maison Arryn illustre ce paradoxe des forteresses perchées. Leur pouvoir repose sur l'isolement : image d'inviolabilité, prestige d'un honneur intransigeant, rôle de gardiens des traditions. En temps de paix, cette rigidité rassure : elle incarne la stabilité, l'incorruptible distance face aux querelles du royaume. Mais en période de crise, ce même isolement devient un piège. Là où d'autres dynasties s'adaptent par l'alliance et la ruse, les Arryn persistent dans une neutralité hautaine. Leur sécurité est illusoire : il suffit d'un col ouvert, d'un hiver bloquant les sorties, ou d'un siège prolongé pour que l'invincible nid d'aigle s'effondre.

L'histoire médiévale en donne une leçon : en 1244, Montségur tomba après dix mois de siège, non par brèche militaire mais par la faim, la négociation et la trahison. Comme les cathares, les Arryn découvrent que l'isolement protège mais isole aussi des alliances vitales. Leur pouvoir vertical finit par devenir une vulnérabilité horizontale.

Leurs symboles traduisent cette conception. L'aigle, héritier de l'imperium romain et byzantin, incarne la domination depuis les hauteurs, la vigilance et l'autorité. Leur devise, « Aussi haut que l'honneur », transpose cette vision dans la morale : le trône n'est pas une chaise mais un perchoir et l'honneur une altitude. Leur cour, fermée et peu encline aux alliances matrimoniales, rappelle certaines aristocraties alpines ou ibériques isolées, fières de leur pureté mais coupées des réseaux politiques.

Jon Arryn, figure paternelle de Ned Stark, incarne ce modèle : noble intègre et protecteur, mais vite dépassé par les manœuvres tortueuses de Port-Réal. Fidèle aux hauteurs, il se dissout dans les brouillards du bas monde.

TULLY - Le confluent vaut une couronne

Les Tully tirent leur puissance non d'une armée pléthorique ou d'une richesse minérale, mais de leur position stratégique. Leur fief, Vivesaigues, est une forteresse unique : bâtie au point de rencontre de trois rivières, la Ruffurque Rouge, la Bleufurque et la Culbute. Contrairement aux Frey qui contrôlent un pont, les Tully dominent un carrefour fluvial. Historiquement, cela évoque Lyon (Rhône-Saône) ou Anvers (Escaut), dont l'influence provenait de la maîtrise des flux commerciaux et militaires plus que des murailles elles-mêmes.

Ce contrôle de l'eau était décisif dans l'Europe médiévale : les seigneurs établis sur un confluent pouvaient taxer les échanges, interdire le passage ou couper les lignes d'approvisionnement d'une armée. Vivesaigues, avec son système de vannes capable d'inonder les abords, rappelle les dispositifs défensifs hydrauliques des Pays-Bas ou des forteresses du Danube, où l'ingénierie de l'eau compensait la faiblesse numérique des garnisons.

Politiquement, les Tully incarnent une dynastie-relais, dont la force repose sur la diplomatie matrimoniale. Leur devise, « Famille, Devoir, Honneur », exprime une stratégie : élargir la famille par des unions politiques qui valent autant que des traités. Comme certaines lignées médiévales italiennes ou germaniques, ils compensent la modestie de leurs forces par un réseau d'alliances. Chaque mariage renforce la trame, chaque parenté devient un rempart invisible. Ce système est puissant mais fragile : il fonctionne comme une chaîne dont la solidité dépend du maillon le plus faible.

Leurs symboles traduisent cette identité. La truite argentée incarne l'agilité et la maîtrise du milieu fluvial, capable de remonter les courants à contre-sens. Le bleu de leurs armes rappelle le lien vital aux rivières et le rouge souligne leur rôle de sang vital circulant entre les royaumes. Leur pouvoir découle de la géographie plus que de l'or ou du fer : un avantage qui attire autant d'alliés que de convoitises.

L'histoire confirme cette logique. En 1288, lors de la bataille de Worringen près de Cologne, la maîtrise des passages du Rhin permit à une coalition de couper l'ennemi de ses ressources et de gagner sans assaut frontal. Les Tully incarnent cette même vérité stratégique : tenir l'eau, c'est tenir la guerre.

BOLTON - Leçon sur la terreur

La maison Bolton incarne une tradition politique où la cruauté n'est pas un excès, mais un outil stratégique. Leur emblème, l'homme écorché, choque à Westeros autant qu'il rappelle des pratiques bien réelles. Dans l'Antiquité assyrienne, les reliefs du palais d'Assurbanipal montrent des prisonniers écorchés ou empalés devant les murs des cités rebelles. En Europe médiévale, l'écorchement, rare mais spectaculaire, servait de châtiment exemplaire contre les traîtres. Plus tard, en Valachie, Vlad III l'Empaleur utilisa les forêts de pieux comme une arme politique : en 1462, il fit ériger des milliers de corps empalés pour dissuader l'armée ottomane. Dans tous ces cas, la logique reste la même : tuer pour communiquer, transformer l'horreur en message politique.

Politiquement, les Bolton incarnent une économie de la terreur. Leur stratégie consiste à frapper peu, mais frapper fort, afin que chaque atrocité devienne mémorable et dissuade toute opposition. Une exécution exemplaire peut remplacer dix batailles en instaurant une paralysie par la peur. Comme Vlad l'Empaleur face aux Ottomans, ils misent sur la sidération psychologique : faire hésiter l'ennemi avant même l'affrontement. Mais cette stratégie comporte un revers : accumuler les humiliations et les cruautés finit par fédérer les rancunes. C'est une méthode efficace mais éphémère, qui fonctionne tant que la peur l'emporte sur la haine.

Leurs symboles prolongent cette logique. L'homme écorché affirme l'absolue domination du seigneur sur la vie et la mort de ses sujets. Le rouge sur rose de leur blason rappelle la chair et le sang, héraldique conçue pour marquer les mémoires. Leur fief, le Fort-Terreur, porte un nom qui est déjà une menace, comparable aux forteresses maudites des Carpates ou de Bohême, dont la réputation intimidait autant que leurs murs.

L'histoire confirme ce principe. Durant la guerre de Cent Ans, le capitaine anglais Thomas de Turberville fut exécuté par écorchement partiel, punition choisie pour son effet dissuasif. Mais c'est surtout la Valachie de Vlad III qui offre le parallèle le plus fort : comme les Bolton, il fit de la terreur un instrument de pouvoir immédiat, brillant à court terme, mais condamné à s'effondrer dès que l'équilibre entre peur et colère bascule.

FREY - Le pont, la bourse et l'insulte

Les Frey incarnent l'archétype du baron-péager médiéval (Raubritter), seigneur installé sur un passage obligé comme des ponts, gués, cols et qui taxe ou rançonne quiconque souhaite traverser. Leur fief, les Jumeaux, n'est rien d'autre qu'un pont fortifié jeté sur la Ruffurque Verte, clef d'un passage incontournable dans le Conflans. Dans un monde où un détour signifie plusieurs jours de marche, contrôler un pont unique équivaut à posséder une armée invisible : l'infrastructure devient une arme.

Ce modèle existait partout en Europe. En Allemagne, les Raubritter du Rhin imposaient des droits exorbitants aux marchands. En France, certains seigneurs de la Loire et de la Seine taxaient lourdement les traversées, souvent sous prétexte de « protection ». En Écosse et en Irlande, de puissants clans contrôlaient les gués et exigeaient tribut. Les Frey n'ont ni mines d'or, ni vastes terres fertiles : leur richesse est infrastructurelle. Mais cette richesse est aussi fragile, car il suffit qu'un roi décide de « briser la porte » pour mettre fin à leur prospérité.

Politiquement, les Frey incarnent la puissance paradoxale des dynasties de passage. Leur prestige est faible, mais leur levier immense : on les méprise comme des parvenus, mais on les tolère tant que leur pont reste utile. Ils ne régnent pas par la gloire des armes ni par le sang ancien, mais par la nécessité logistique.

Leur trahison emblématique, les Noces Pourpres, illustre leur ambivalence. Elle rappelle les tabous médiévaux les plus graves : violer le droit sacré de l'hospitalité. L'histoire fournit deux parallèles célèbres : le Banquet Noir (Écosse, 1440), où de jeunes chefs furent exécutés après avoir été conviés à festoyer et le Massacre de Glencoe (1692), où un clan entier fut assassiné dans son sommeil par ses hôtes.

Dans toutes les cultures médiévales, trahir un invité constituait un crime de sang héréditaire, une malédiction qui poursuivait la lignée. Les Frey subissent le même sort : tolérés pour leur utilité, mais à jamais rejetés comme partenaires dignes de confiance.

Leurs symboles traduisent cette logique de passage. Les Jumeaux, deux tours jumelles reliées par un pont, représentent leur pouvoir autant que leur cupidité. Leur blason, deux tours sur champ bleu, illustre leur contrôle mais inspire davantage la méfiance que la gloire. Leur mentalité est marchande : chaque mariage est une transaction, chaque faveur une dette à rembourser.

L'histoire médiévale en fournit une mise en garde. En 1308, le baron allemand Friedrich von Hohenfels contrôlait un pont stratégique sur le Rhin. Ses taxes exorbitantes déclenchèrent une coalition de princes et de villes qui assiégèrent son château et détruisirent son pont.

Les Frey vivent sous la même menace : leur pouvoir est redoutable, mais il repose sur une infrastructure unique et sur la patience limitée de leurs voisins.

Ce que disent les bannières quand on écoute vraiment

Les Stark murmurent que l'honneur est une stratégie de survie au long hiver.

Les Lannister prouvent que le crédit est une catapulte.

Les Baratheon rappellent que gagner la guerre n'est pas régner.

Les Targaryen enseignent que les empires tombent deux fois : par l'orgueil, puis par la famille.

Les Greyjoy confient que la mer nourrit… si l'on sait la voler.

Les Martell démontrent que plier la ligne du temps vaut dix charges de cavalerie.

Les Tyrell sourient : un banquet bien placé vaut une campagne.

Les autres, Arryn, Tully, Bolton, Frey, montrent comment la topographie, les ponts, la terreur et les péages écrivent l'ultime marginalia de l'Histoire.

Mais une Maison n'existe pas sans les hommes et les femmes qui l'incarnent : ce sont leurs ambitions, leurs passions et leurs faiblesses qui donnent chair à la légende.

Chapitre 3

Les Protagonistes : miroirs de l'Histoire et de l'âme

« Un esprit a besoin de livres, comme une épée a besoin d'une pierre à aiguiser. » - Tyrion Lannister

Ils marchent dans la neige ou sur les sables brûlants,mais derrière chacun d'eux se tient l'ombre d'un ancêtre oublié. Car George R. R. Martin, loin de créer ex nihilo, a sculpté ses figures dans l'argile de l'Histoire réelle, leur offrant la chair des mythes et le sang des dynasties.

Les architectes du pouvoir

Dans les royaumes divisés, il est des figures qui ne portent pas de couronne et qui pourtant façonnent les royaumes. Ils ne brandissent pas d'épée, ou rarement, mais déplacent des armées par un mot, déplacent des fortunes par un ordre, renversent des rois par un murmure. À Westeros, ces architectes de l'ombre sont les véritables sculpteurs de l'Histoire et, comme dans nos chroniques réelles, ils savent que les trônes les plus solides reposent sur des alliances invisibles.

TYRION LANNISTER - Le nain machiavélien

Tyrion Lannister, dépourvu d'armée et de force physique, caractérise dans Westeros une figure universelle de l'Histoire : celle du conseiller politique, dont le pouvoir repose sur l'intelligence et la parole plutôt que sur l'épée. Loin d'être un souverain, il rappelle ces hommes qui ont façonné les règnes par leur esprit, leur ironie et leur lucidité.

Le parallèle le plus évident est Nicolas Machiavel (1469-1527). Comme Tyrion, Machiavel n'était pas un roi, mais un homme d'esprit et de plume. Dans Le Prince, il théorise l'art de gouverner en révélant que la vérité crue, si elle est bien maniée, peut devenir une arme plus forte que la flatterie. Tyrion pratique exactement cela : il se rend indispensable en osant dire ce que d'autres taisent. Comme Machiavel, il ne cherche pas à être aimé mais à être nécessaire.

On retrouve également chez lui quelque chose de Thomas More (1478-1535), conseiller d'Henri VIII, dont l'intégrité et la lucidité face à la tyrannie rappellent la façon dont Tyrion ose dénoncer l'injustice, même au péril de sa vie. Plus ironique et joueur que More, il se rapproche en revanche de l'esprit d'Érasme (1466-1536), auteur de L'Éloge de la folie, qui pratiquait une sagesse ironique, capable de survivre dans des cours violentes par le rire et la distance. Enfin, son scepticisme pragmatique évoque Montaigne (1533-1592), pour qui le doute est une forme de survie politique.

Le livre, connaissance ; la coupe de vin, détournement ironique et évasion ; le bouffon, dire la vérité en riant, prolongent des archétypes historiques. Le conseiller, souvent perçu comme faible face aux guerriers, transforme son handicap en force : il sait que la fragilité physique peut être compensée par une endurance intellectuelle.

Tyrion illustre donc, à travers Westeros, une figure intemporelle : celle de l'homme qui, sans trône ni armée, survit et influence par son esprit. Comme Machiavel, Érasme ou Montaigne, il prouve que le vrai pouvoir peut résider moins dans l'acier que dans la parole.

La théorie du “Tyrion Targaryen”

Parmi les nombreuses spéculations nées de l'univers de Game of Thrones, celle du “Tyrion Targaryen” reste l'une des plus fascinantes. Selon cette théorie, le benjamin des Lannister ne serait pas le fils de Tywin, mais le fruit d'une liaison entre la reine Joanna Lannister et le roi Aerys II Targaryen.

Les indices disséminés par George R. R. Martin dans les romans nourrissent le doute : la mort de Joanna en couches, la chevelure mêlant or et argent, la passion de Tyrion pour les dragons, et surtout les paroles récurrentes de Tywin : « Tu n'es pas mon fils». La rancune de ce dernier envers son cadet prend alors un sens tragique : celle d'un homme humilié par le roi qu'il servait.

La série de HBO a accentué cette lecture, notamment lorsque les dragons de Daenerys acceptent calmement la présence de Tyrion.
Rien n'est confirmé, bien sûr mais dans l'œuvre de Martin, les mythes familiaux sont rarement dénués de vérité, fût-elle drapée d'ambiguïté.

TYWIN LANNISTER - Le lion en toge de marbre

Tywin Lannister incarne la figure du dirigeant qui bâtit son pouvoir sur une double base, la discipline militaire et la richesse financière. Là où ses enfants s'agitent dans les passions et les intrigues, Tywin s'impose comme l'archétype du chef d'État froid et calculateur, dont l'autorité repose autant sur la peur que sur l'or.

Il rappelle d'abord Jules César (100 av. J.-C. - 44 av. J.-C.), non seulement par son génie militaire, mais surtout par sa capacité à transformer une victoire en mythe durable. Comme César, Tywin ne voit pas la guerre comme une fin en soi, mais comme une mise en scène destinée à affirmer l'autorité de sa maison. Chaque bataille est aussi un message politique.

Son rapport à l'argent évoque en revanche Marcus Licinius Crassus (115 av. J.-C. - 53 av. J.-C.), l'homme le plus riche de Rome, dont la puissance reposait moins sur le glaive que sur le capital. Comme Crassus, Tywin comprend que l'or peut acheter des armées, des fidélités et, à terme, l'Histoire elle-même. Mais il dépasse Crassus par une différence majeure : son refus de la gloire personnelle. Là où Crassus cherchait le prestige, Tywin préfère régner dans l'ombre, par procuration, comme Main du Roi.

On peut aussi rapprocher Tywin des condottieri italiens du XVe siècle, chefs mercenaires devenus banquiers de guerre. À Florence, des familles comme les Médicis ou les Bardi avaient compris que le financement des campagnes militaires était la clef d'un pouvoir plus durable que la conquête. Tywin, lui aussi, est à la croisée de la guerre et de la banque : il mène ses armées, mais il contrôle surtout leurs ressources.

Le lion, autorité souveraine ; l'or, arme invisible de la guerre ; le silence, méthode de l'intimidation, traduisent cette réalité historique : les grands chefs politiques savent que la peur et l'argent sont plus durables que l'épée seule.

Tywin Lannister nous montre que le pouvoir n'appartient pas seulement aux conquérants héroïques, mais aussi à ces bâtisseurs froids, qui transforment les victoires en institutions, les armées en chiffres et les royaumes en forteresses financières.

PETYR BAELISH - L'architecte du chaos

Petyr Baelish n'appartient pas à une grande lignée. Son ascension illustre une réalité fréquente dans l'Histoire : celle des hommes issus des marges qui, par l'intrigue, le calcul et le réseau, deviennent indispensables aux souverains. Il fait écho à l'archétype du ministre habile ou du banquier-espion, dont le pouvoir repose sur les dettes et les secrets plus que sur les armes.

Il évoque en premier lieu Thomas Cromwell (1485-1540), ministre d'Henri VIII d'Angleterre. Comme Baelish, Cromwell venait d'un milieu modeste et sut gravir les échelons grâce à son intelligence politique, sa maîtrise de l'administration et sa capacité à manipuler les alliances. Tous deux représentent la figure du conseiller redouté, capable de provoquer des guerres ou des réformes majeures par un simple acte juridique ou diplomatique.

Baelish se rapproche aussi des condottieri italiens qui, à la Renaissance, changeaient de camp en fonction du meilleur prix. Mais là où ces capitaines vendaient leurs épées, Baelish vend ses informations. En cela, il s'apparente aux banquiers-espions italiens et aux agents des grandes familles financières comme les Médicis, pour qui l'information circulait aussi vite que l'argent. Chaque rumeur devient pour lui une monnaie d'échange.

Son credo « le chaos est une échelle » reflète une conception politique bien connue : celle de ceux qui prospèrent sur l'instabilité. Des figures historiques comme certains intrigants de la cour de François Ier, ou encore les financiers de la guerre de Trente Ans, ont su transformer le désordre en opportunité de montée en puissance.

La chaîne de faveurs, la plume ; arme invisible, et l'escalier ; l'échiquier social qu'il grimpe, correspondent à des réalités politiques anciennes : l'accumulation de dettes, la manipulation des écrits et l'ascension sociale permise par les crises.

L'histoire de Petyr Baelish est donc celle de l'homme sans trône ni armée, mais qui, par l'intrigue, le calcul et l'information, parvient à devenir le véritable architecte des guerres et des règnes.

VARYS - Le fantôme des corridors

Varys est l'archétype du maître des secrets, figure intemporelle de l'Histoire politique. Sans armée, sans lignée et même sans héritage biologique en raison de sa condition d'eunuque, il s'impose par ce que tant de rois ont toujours redouté : l'information. Sa survie dans Westeros illustre la longévité de ceux qui savent écouter, transmettre et manipuler les confidences.

On pense immédiatement à Joseph Fouché (1759-1820), ministre de la Police sous la Révolution, le Directoire, l'Empire et la Restauration. Fouché, comme Varys, survécut à tous les régimes, grâce à un réseau d'informateurs si dense qu'il connaissait toujours la chute d'un gouvernement avant même qu'elle n'advienne. Tous deux partagent ce talent : être les premiers informés et les derniers compromis.

Varys rappelle aussi les eunuques byzantins, figures puissantes des cours impériales. Proches du trône mais ne pouvant fonder de dynastie, ils représentaient une menace et une garantie : un conseiller indispensable, dont le pouvoir reposait sur sa proximité intime avec l'empereur, mais dont l'absence d'héritiers en faisait, en théorie, un serviteur « sûr ». Varys illustre parfaitement ce paradoxe historique.

Son réseau de « petits oiseaux » renvoie aux espions ottomans et vénitiens, capables de transmettre des nouvelles de province en province à une vitesse redoutable. À Venise, la « Bocca di Leone » permettait de dénoncer anonymement un citoyen : comme dans les corridors de Port-Réal, le murmure valait parfois plus qu'un traité officiel.

L'araignée, centre d'une toile invisible ; le murmure, arme discrète ; l'absence d'armes, force paradoxale, condensent ces réalités historiques. Comme Fouché et comme les eunuques impériaux, il n'a pas besoin de glaive : il gouverne par la peur subtile du secret révélé.

Varys incarne un type politique universel : celui qui règne sans régner, qui n'a ni trône ni armée mais qui, par le renseignement, contrôle ceux qui croient régner. L'Histoire, de Byzance à Napoléon, a montré que ce « fantôme des corridors » est parfois plus durable que les souverains qu'il sert.

OLENNA TYRELL - La rose aux épines d'acier

Olenna Tyrell illustre une figure bien connue de l'Histoire : celle des femmes de pouvoir, souvent marginalisées dans les chroniques officielles, mais qui, par l'intrigue, le mariage et le poison, ont dirigé autant que les rois. Dans Westeros, elle agit par l'esprit, la diplomatie et la ruse, transformant les banquets et les alliances en armes.

Elle évoque avant tout Catherine de Médicis (1519-1589), reine de France, dont l'influence discrète mais décisive façonna les guerres de religion. Catherine utilisait les mariages de ses enfants comme pièces maîtresses d'un jeu politique européen et l'histoire (ou la légende) l'associe à l'usage du poison comme instrument diplomatique. Comme Olenna, elle exprime cette capacité à manier la douceur apparente des festins et des mariages pour frapper dans l'ombre.

Olenna rappelle aussi Élisabeth Ire d'Angleterre (1533-1603), qui sut maintenir son royaume par un savant jeu d'alliances mouvantes, souvent plus rentable que des guerres ouvertes. Comme Élisabeth, Olenna sait que l'image, le faste des banquets et la richesse de Hautjardin, est une arme politique en soi, capable de séduire et d'intimider.

Enfin, on peut rapprocher Olenna des matrones italiennes de la Renaissance, duchesses et princesses qui, de Ferrare à Florence, manipulaient les unions et les réceptions comme autant de traités officieux. Elles transformaient la domesticité en diplomatie, faisant des tables et des salons des champs de bataille plus subtils que les champs d'armes.

La rose, beauté doublée de danger ; la table de banquet, diplomatie festive ; le voile de soie, intention masquée, traduisent une réalité historique : l'art féminin du pouvoir a souvent emprunté les formes de la grâce pour mieux dissimuler l'acier.

Olenna Tyrell témoigne ainsi d'un type historique précis : la reine des épines, héritière des Médicis et des princesses italiennes, qui transforme les instruments de la vie de cour en armes politiques redoutables. Là où les hommes règnent par le glaive, elle règne par l'esprit et par le poison.

MISSANDEI DE NAATH - La voix douce de la tempête

Missandei est l'incarnation d'une autre figure historique souvent négligée : celle des femmes esclaves ou étrangères devenues conseillères grâce à leur intelligence et à leur maîtrise des mots. Dans Westeros, son rôle de traductrice et de diplomate illustre ce pouvoir discret mais décisif : contrôler l'information, filtrer le langage et donc orienter les décisions.

Elle rappelle Aspasie de Milet (Ve siècle av. J.-C.), compagne de Périclès à Athènes. Étrangère, sans droits politiques, elle joua néanmoins un rôle majeur dans la vie intellectuelle et politique de la cité, par sa conversation et son influence auprès des élites. Comme Aspasie, Missandei n'exerce pas un pouvoir frontal, mais un pouvoir par les mots, par l'art de dire et de traduire.

Un autre parallèle est Roxelane (Hürrem Sultan) (vers 1502-1558), esclave d'origine ukrainienne devenue favorite puis épouse de Soliman le Magnifique. Son ascension, depuis le harem jusqu'au rôle de conseillère politique, illustre la manière dont une captive pouvait, par intelligence et diplomatie, transformer sa position subalterne en rôle de premier plan. Comme Missandei, Roxelane n'était pas une souveraine au sens strict, mais une voix écoutée au cœur du pouvoir.

On peut aussi évoquer des figures plus récentes comme Ling Shuhua dans la Chine républicaine, ou d'autres favorites et femmes de lettres orientales, qui ont exercé un pouvoir indirect en contrôlant la transmission des idées et en influençant les cercles de décision par leur médiation culturelle.

La chaîne brisée, mémoire de l'esclavage ; la plume, médiation et diplomatie ; le regard en biais, écoute et observation, prolongent cette réalité historique : celui de femmes sans armée ni trône, mais dont la voix pouvait changer le destin d'un empire.

Missandei incarne une tradition discrète mais réelle : celle des esclaves affranchies, favorites ou étrangères instruites, qui, de l'Athènes classique à l'Empire ottoman, ont exercé dans l'ombre une influence décisive, transformant leur fragilité apparente en autorité subtile.

JAQEN H'GHAR - Le visage qui n'existe pas

On ne connaît ni son vrai nom ni son vrai visage : Jaqen H'ghar. Assassin rituel et espion polymorphe, qui fonde son pouvoir sur l'anonymat, la dissimulation et la mort sacralisée. Dans Westeros, il tue non comme un criminel, mais comme un prêtre : chaque meurtre est une offrande au Dieu Multiface, chaque visage porté une identité effacée.

Son parallèle le plus direct est celui des Hashashins (ou Assassins nizârites), actifs du XIe au XIIIe siècle au Proche-Orient. Membres d'une secte ismaélienne, ils pratiquaient l'assassinat politique comme acte religieux, visant à frapper des souverains ou des vizirs pour terroriser leurs adversaires et affirmer leur foi. Comme Jaqen, ils considéraient la mort comme une transaction sacrée, non comme un simple crime.

Jaqen évoque aussi les espions de la République de Venise, maîtres du déguisement et de la manipulation d'identité. La Sérénissime entretenait un vaste réseau d'agents capables de circuler sous de faux noms, d'adopter des rôles divers et de recueillir des informations dans les cours européennes. L'art de « changer de visage » est au cœur de cette tradition.

Enfin, il rappelle les maîtres espions des empires modernes, comme Richard Sorge (1895-1944), agent soviétique en poste au Japon, qui réussit à mener une double vie durant des années. Comme Jaqen, Sorge trouve son reflet dans le principe de l'agent double : celui dont l'identité est si mouvante qu'on ne sait jamais vraiment qui il est.

La pièce de Braavos, engagement et contrat ; le masque, anonymat et métamorphose ; l'eau noire, oubli des identités, rejoignent ces réalités historiques : le pouvoir de l'assassin ou de l'espion repose toujours sur l'effacement du « moi » et sur la croyance que la mort peut être un outil politique ou spirituel.

Jaqen H'ghar dépeint un type historique universel : celui de l'homme sans visage, héritier des Hashashins, des espions vénitiens et des agents doubles modernes, qui rappelle que le pouvoir le plus redoutable est parfois celui de ceux que l'on ne voit jamais vraiment.

Les souverains et prétendants

Ils portent la couronne, ou la convoitent. Certains y voient un droit divin, d'autres un fardeau, d'autres encore un simple outil. Comme dans nos chroniques réelles, les trônes ne sont pas tous forgés dans l'or : certains sont taillés dans le sang, d'autres dans les rêves, d'autres encore dans l'illusion.

DAENERYS TARGARYEN - La prophète au souffle de feu

Figure centrale de Westeros, Daenerys Targaryen s'impose comme chef charismatique et prétendante messianique, libératrice d'esclaves et conquérante portée par le feu des dragons. Elle représente à la fois l'espoir d'un ordre nouveau et la menace d'un pouvoir absolu, oscillant constamment entre salut et tyrannie.

Le parallèle avec Moïse s'impose d'emblée : guide des Hébreux hors d'Égypte, il fonde un peuple à travers le désert. Daenerys, elle aussi, mène des foules en brisant leurs chaînes, prophète d'un monde à refonder. Cependant là où Moïse apportait les tables de la Loi, elle brandit la force vivante des dragons, armes divines qui assurent son autorité et imposent sa vision. Dans son rôle de conquérante, elle rappelle Alexandre le Grand (356-323 av. J.-C.). Comme lui, elle avance vite, s'empare de cités et fascine par l'ampleur de ses victoires. Mais Alexandre comme Daenerys découvrent que gouverner est plus difficile que conquérir : un empire s'écroule s'il n'est pas soutenu par des institutions durables.

Son rapport à l'image et à l'altérité la rapproche de Cléopâtre VII (69-30 av. J.-C.), reine étrangère dans un univers masculin. Cléopâtre transforma sa beauté et son charisme en instruments politiques ; Daenerys exploite de la même façon sa jeunesse, sa féminité et son statut d'étrangère pour séduire, effrayer et rallier.

Enfin, les Targaryen rappellent les Ptolémées d'Égypte, jaloux de leur « sang divin » et bâtissant un culte autour de leur dynastie. Daenerys s'inscrit dans ce modèle : une souveraine qui revendique une légitimité sacrée et se présente comme au-dessus des lois humaines.

Le dragon, pouvoir absolu ; la chaîne brisée, émancipation ; la mer de sable, épreuve fondatrice, renvoient à des réalités historiques où la religion agit comme force politique, l'image comme arme militaire et le désert comme matrice d'empire.

Ainsi se dessine une figure ambivalente, à la croisée de Moïse, d'Alexandre et de Cléopâtre : prophète, conquérante et souveraine étrangère, capable d'inspirer un peuple ou de l'écraser sous son propre mythe.

CERSEI LANNISTER - Le lys empoisonné

Cersei Lannister incarne un autre type récurrent : celui de la reine consort devenue régente, dont l'autorité s'exerce par ses enfants et dont l'image est sans cesse attaquée par les rumeurs. Femme de pouvoir dans un monde qui refuse d'en reconnaître la légitimité, elle est à la fois protectrice et prédatrice, célébrée comme mère mais diabolisée comme souveraine.

Marguerite d'Anjou (1430-1482) illustre bien ce modèle : épouse d'Henri VI, elle mena des armées pour défendre les droits de son fils, plongeant l'Angleterre dans la guerre civile. Comme elle, Cersei transforme la maternité en instrument politique, prêtant son corps et sa réputation à la survie dynastique.

On pense aussi à Isabeau de Bavière (1370-1435), reine de France dont la mémoire fut ternie par des accusations d'inceste et de trahison. La rumeur, instrumentalisée contre elle, servit à délégitimer son pouvoir. Cersei subit le même sort : chaque scandale, vrai ou inventé, devient une arme pour miner son autorité.

Elle se rapproche encore de ces reines de la fin du Moyen Âge et de la Renaissance qui utilisaient leur beauté comme bouclier et comme menace. Dans un univers d'hommes, Cersei joue de son apparence et de son charme pour influencer, séduire ou intimider, tout en sachant que son pouvoir reste jugé dérivé et fragile.

Ses symboles en sont l'écho : la couronne fragile, souveraineté menacée ; le verre de vin, stratégie et défiance ; la lionne, maternité protectrice et agressive. Ils renvoient à la représentation historique des reines-mères, à la fois figures maternelles et actrices politiques suspectes.

Cersei se situe dans la lignée des grandes reines diabolisées de l'Histoire. Comme Marguerite d'Anjou et Isabeau de Bavière, elle révèle les contradictions du pouvoir féminin : force protectrice d'une lignée, mais cible constante de la calomnie et de la peur.

ROBERT BARATHEON - Le roi qui préférait la chasse au trône

Robert Baratheon fut plus grand conquérant que souverain. Charismatique et violent, il prit le pouvoir par l'acier mais le perdit par l'indolence, préférant la chasse et le vin aux affaires du royaume.

Son parcours évoque **Guillaume le Conquérant** (1027-1087), qui prit l'Angleterre à Hastings et sut fonder un nouvel ordre dynastique et administratif. Robert suit le même chemin au départ, renversant les Targaryen pour imposer sa propre dynastie. Cependant là où Guillaume consolide sa victoire par des institutions durables, Robert laisse son pouvoir se dissoudre, incapable de transformer son triomphe militaire en gouvernement stable.

Par ses excès et son goût des plaisirs, Robert fait également songer à Henri VIII (1491-1547). Ce roi d'Angleterre, grand chasseur et homme de passions, transforma sa cour en un théâtre d'excès où la politique se mêlait à la chair et aux banquets. Comme lui, Robert préfère la débauche au travail d'État, incarnant une royauté épuisée par ses propres appétits.

Il évoque encore ces chefs de guerre médiévaux dont l'arme était leur seul titre de gloire. Son marteau de guerre symbolise une force franche et implacable, mais qui, faute de vision, ne se convertit jamais en stratégie politique. Contrairement aux souverains qui surent utiliser leur prestige militaire pour fonder des ordres durables, Robert se contente d'un trône vidé de substance, réduit à une chaise posée au milieu des banquets.

Le marteau, violence pragmatique ; la corne de chasse, fuite dans les plaisirs ; le banquet, désengagement : autant d'images rappelant que la gloire des champs de bataille ne suffit pas à fonder un règne.

Robert Baratheon se situe dans la lignée des rois-guerriers déchus, capables de renverser une dynastie mais incapables d'ériger un ordre nouveau. Une force de la nature qui, une fois le trône conquis, se perd dans ses propres excès.

STANNIS BARATHEON - Le juge sans sourire

À l'opposé de son frère, Stannis Baratheon représente le souverain légaliste et austère, rigide dans l'application du droit, fidèle à la loi au point d'en oublier le peuple. Plus respecté que aimé, il personnifie le type historique du chef inflexible, prisonnier de sa propre droiture.

Son image rappelle Caton l'Ancien (234-149 av. J.-C.), modèle romain de rigueur morale et d'intransigeance. Comme lui, Stannis répète que le devoir prime sur toute autre considération. Mais cette inflexibilité devient un piège, ce qui devrait inspirer la fidélité engendre au contraire l'isolement. Son manque de charisme rapproche Stannis de Richard III (1452-1485), roi d'Angleterre dont la légitimité n'empêcha pas l'impopularité. Froideur, dureté et incapacité à séduire les foules précipitèrent Richard vers sa chute, tout comme Stannis échoue à rallier malgré son droit incontestable.

Son expérience militaire, notamment sur mer, évoque encore les amiraux des Tudor tels que John Hawkins ou Francis Drake. Tous se distinguaient par discipline et stratégie, mais là où eux bâtissaient une vision maritime de l'empire anglais, Stannis ne sut jamais transformer sa rigueur militaire en un projet politique porteur d'espérance.

Ses symboles prolongent cette image : la balance de justice, loi inflexible ; la forteresse côtière, résistance implacable ; la couronne embrasée, fanatisme prophétique. Ils dessinent le portrait d'un homme prisonnier de sa fonction, dont la rigueur légale se dissout dans une foi brûlante. Stannis apparaît comme un héritier de Caton et de Richard III : chef austère, légitime mais solitaire, qui substitue la règle à l'émotion et finit prisonnier de son inflexibilité. Une tragédie politique où la justice se mue en destin et où la vertu sans grâce condamne au désastre.

Shireen Baratheon : la lèpre, la bibliothèque et le bûcher

Marquée par la grayscale, Shireen est la survivante stigmatisée. Comme les lépreux du Moyen Âge, relégués dans des léproseries à la périphérie des villes, elle vit sous le signe de l'exclusion : tolérée mais à distance, témoin vivant d'une peur ancestrale.

Son refuge est le savoir. Comme certaines princesses isolées par la maladie ou la politique, elle se tourne vers les livres et les langues. On pense à Élisabeth Tudor, recluse dans son enfance et menacée de mort, mais qui fit de cet isolement une école de pensée et de puissance.

Mais c'est sa mort qui résonne avec les archétypes les plus anciens. Lorsque Stannis la livre aux flammes, il rejoint une longue lignée de rois prêts à sacrifier leur sang pour obtenir la faveur divine. Les chroniqueurs antiques accusaient les Carthaginois d'offrir leurs enfants au dieu Baal, persuadés que la victoire se payait du prix le plus pur. Plus universel encore, la tragédie de Shireen renvoie au mythe grec d'Iphigénie, immolée par son père Agamemnon pour que les vents soufflent enfin vers Troie. Dans les deux cas, une princesse innocente est sacrifiée sur l'autel du pouvoir, réduite au rôle de monnaie d'échange entre les dieux et les hommes.

Ainsi, Shireen devient l'un des personnages les plus profondément historiques de Game of Thrones : stigmate médiéval, héritière érudite renaissante et victime sacrificielle antique. Son bûcher n'est pas seulement celui d'une enfant de Westeros, mais celui de toutes les Iphigénie de l'Histoire, brûlées pour que d'autres puissent régner ou conquérir.

JOFFREY BARATHEON - Le masque doré du tyran

Dans l'histoire des monarchies, certains héritiers accèdent au trône par le seul droit du sang sans posséder ni maturité ni sagesse. Joffrey Baratheon s'inscrit dans ce type : un adolescent-roi qui confond autorité et caprice et qui transforme la cour en théâtre de cruauté.

On pense d'abord à Néron (37-68), empereur romain célèbre pour ses exécutions arbitraires, son goût du spectacle et sa violence gratuite. Comme lui, Joffrey fait de la cruauté une scène publique : humiliations, tortures, usage du pouvoir comme d'un jouet. Tous deux montrent qu'une tyrannie enfantine peut s'avérer plus terrifiante qu'une tyrannie calculée.

Il rappelle aussi Édouard de Lancastre (1453-1471), fils d'Henri VI d'Angleterre, décrit par les chroniqueurs comme vindicatif et arrogant, persuadé que la guerre n'était qu'un jeu. Mort à quinze ans durant la guerre des Deux-Roses, Édouard incarne cette jeunesse princière confondant gloire et caprice, tout comme Joffrey qui, adolescent, se croit souverain absolu.

L'arbalète, caprice meurtrier devenu instrument de terreur ; le trône, signe d'un pouvoir mal tenu ; le sourire cruel, emblème de son impunité. Ce langage visuel exprime l'idée universelle du pouvoir dégénéré, lorsque la couronne repose sur une tête trop immature.

La fin de Joffrey illustre une ironie récurrente : les tyrans les plus cruels ne tombent pas toujours par révolte ouverte, mais par complot. Sa mort par empoisonnement rappelle les intrigues de nombreuses cours impériales et royales, où la tyrannie se clôt rarement par un combat héroïque mais par une chute humiliante et publique.

Ainsi, Joffrey Baratheon fait écho à Néron et à Édouard de Lancastre : un enfant-roi grotesque et terrifiant, dont le règne fut un spectacle cruel et dont la fin fut à la mesure de son masque doré : brutale, soudaine et dérisoire.

RAMSAY BOLTON - Le seigneur de la peur

Ramsay Bolton appartient à un autre type historique : celui des seigneurs de la terreur, qui gouvernent par la cruauté spectaculaire. Contrairement aux stratèges qui instrumentalisent la violence de façon rationnelle, Ramsay rejoint ces figures qui en faisaient un plaisir personnel, transformant la torture en divertissement.

Il évoque Gilles de Rais (1405-1440), maréchal de France et compagnon de Jeanne d'Arc, dont la réputation fut ternie par ses crimes monstrueux. Gilles de Rais associait gloire militaire et atrocités privées, trouvant une forme de jouissance dans la souffrance infligée, un double visage que l'on retrouve chez Ramsay.

Son image renvoie aussi à Vlad III l'Empaleur (1431-1476), prince de Valachie, dont les chroniques rapportent les forêts de suppliciés empalés dressées pour intimider ses ennemis. De la même façon, les hommes écorchés qui ornent l'héraldique des Bolton rappellent la logique de l'épouvante : terroriser pour mieux soumettre.

Leur emblème, l'homme écorché, trouve d'ailleurs un écho dans les pratiques des Assyriens, qui représentaient sur leurs bas-reliefs des prisonniers mutilés ou dépouillés de leur peau. Comme eux, Ramsay transforme la cruauté en symbole officiel, la faisant entrer dans l'héraldique et la mémoire de sa maison.

Ses autres symboles renforcent cette image : les chiens dressés, instruments de chasse et de torture ; la neige du Nord, théâtre de ses jeux cruels. Sa violence ne répond pas à une logique politique mais à une psychologie sadique, qui confond domination et jouissance.

Ramsay Bolton s'inscrit ainsi dans la lignée de Gilles de Rais, de Vlad l'Empaleur et des souverains assyriens : un maître de la terreur dont la chute, dévoré par ses propres chiens, illustre une loi universelle de l'Histoire, celle qui veut que les tyrans soient souvent consumés par les mêmes forces de violence qu'ils ont libérées.

DAARIO NAHARIS - Le capitaine au sourire de couteau

Mercenaire flamboyant et séducteur, Daario Naharis se définit avant tout par sa liberté : fidèle à son prestige plutôt qu'à un maître, imprévisible et dangereux comme ses lames ouvragées. Ses armes exotiques, sa fleur bleue dans les cheveux et son sourire carnassier traduisent ce mélange de panache et de menace qui fascine autant qu'il inquiète.

Son portrait rappelle les condottieri italiens de la Renaissance, tel Francesco Sforza (1401-1466). Ces capitaines de fortune, vendant leurs services aux cités-États, pouvaient changer de camp en fonction du prix, mais savaient aussi se tailler des seigneuries grâce à leur habileté et à leur charisme. Comme eux, Daario ne s'attache pas à une cause mais à son propre prestige, transformant la guerre en tremplin pour sa gloire personnelle.

Il évoque également les corsaires de la Méditerranée, en particulier Barberousse (vers 1478-1546), pirate devenu amiral de l'Empire ottoman. Mi-pillard, mi-stratège, Barberousse incarnait l'alliance entre brutalité guerrière et séduction politique. Daario, à sa manière, exploite le même mélange : ses exploits militaires s'accompagnent d'une aura flamboyante, qui fait de lui plus qu'un simple soldat, presque une légende vivante.

Son rôle auprès de Daenerys le rapproche encore des figures troubles comme Cesare Borgia (1475-1507), condottiere et fils du pape Alexandre VI. Cesare mêlait charme, violence et calcul politique, utilisant ses relations intimes comme instruments de pouvoir. Daario, bien que moins stratège, incarne ce même entrelacement de séduction et de menace, d'alliance amoureuse et de loyauté incertaine.

Les armes ouvragées, vanité guerrière ; la fleur bleue, signature personnelle ; le sourire carnassier, séduction dangereuse. Autant de signes qui rappellent l'archétype universel du capitaine mercenaire, personnage à la fois indispensable dans la guerre et suspect dans la paix.

Daario Naharis appartient donc à cette tradition de figures flamboyantes, condottieri, corsaires et aventuriers, qui séduisent par leur style autant que par leurs victoires, mais dont la fidélité demeure aussi fragile que leur panache.

TOMMEN BARATHEON - Le roi chaton

Un trône trop grand pour un enfant : tel est le sort de Tommen Baratheon. Doux et candide, aimant les chats et les jeux, il devient malgré lui l'incarnation tragique d'un pouvoir vidé de sa substance, contrôlé par les régents et les factions qui l'entourent.

Son cas évoque Jean Ier le Posthume (1316), né roi de France mais mort avant d'avoir vécu un an : symbole extrême de l'impuissance enfantine face au pouvoir. Plus proche encore est Édouard VI d'Angleterre (1547-1553), monté sur le trône à neuf ans. Intelligent mais trop jeune, il laissa ses régents Somerset puis Northumberland gouverner en son nom, exactement comme Tommen, dont les décisions dépendent de Cersei et du Grand Moineau.

On pense aussi à Louis XIII enfant, devenu roi en 1610 à seulement huit ans, alors que sa mère, Marie de Médicis, exerçait la régence. Comme Tommen, il se trouva pris dans les rivalités des grands et réduit au rôle de pion, manipulé par les ambitions de ceux qui prétendaient agir pour lui.

Enfin, l'exemple de Puyi, dernier empereur de Chine (1908-1912), illustre le destin ultime de ces rois-enfants : sacrés en apparence, vidés de substance et incapables de résister à un monde qui les dépasse. Tommen, de la même façon, porte une couronne trop lourde pour sa tête d'enfant et subit un pouvoir qui ne lui appartient jamais vraiment.

Ses symboles traduisent cette fragilité : la couronne surdimensionnée, poids du pouvoir ; le chat, innocence ; le livre d'images, jeunesse interrompue. Autant d'indices de l'impossible équilibre entre enfance et souveraineté.

Sa fin tragique, le suicide, rappelle combien ces règnes mineurs ne se terminent pas dans la gloire mais dans la fragilité. Tommen rejoint ainsi la lignée des souverains dont l'Histoire retient moins les décisions que l'impuissance et dont le trône, trop grand pour eux, devient un vide béant.

NED STARK - Le seigneur de l'honneur

Eddard « Ned » Stark se distingue par son attachement à un code ancien : celui de la loyauté féodale et de l'honneur chevaleresque, valeurs qu'il place au-dessus de la ruse politique. Dans un univers où dominent calcul et trahison, il apparaît comme un anachronisme vivant, condamné précisément par sa fidélité à ses principes.

Sa trajectoire rappelle Thomas Becket (1119-1170), archevêque de Cantorbéry, qui osa défier Henri II d'Angleterre au nom de la justice et de la foi. Refusant de céder à l'arbitraire royal, Becket choisit la droiture au prix de sa vie. Comme lui, Ned Stark se dresse contre les compromissions du pouvoir et comme lui, il tombe victime d'une morale jugée trop rigide pour le jeu des trônes.

On peut aussi rapprocher Ned des seigneurs de la guerre des Deux-Roses, notamment Richard Neville, comte de Warwick (1428-1471), surnommé le « faiseur de rois ». Influents et puissants, ces seigneurs perdaient tout pour avoir mis leur fidélité au mauvais camp. Ned suit cette même logique : une conception féodale de la loyauté qui se heurte à la fluidité des alliances et à la cruauté de la politique dynastique.

Enfin, son idéal chevaleresque évoque Richard Cœur de Lion (1157-1199), roi croisé plus attaché à l'honneur des serments et aux idéaux de croisade qu'aux réalités pragmatiques du gouvernement. Comme lui, Ned Stark agit selon un code moral intransigeant, qui le rend incapable d'adapter son sens de l'honneur aux nécessités mouvantes de Port-Réal.

Ses symboles en renforcent l'image : l'épée Glace, emblème d'une justice implacable ; le loup, figure de la fidélité à sa maison ; l'hiver, rappel constant d'un destin inéluctable. Ces signes condensent sa position : Ned n'est pas un joueur dans la partie du pouvoir, mais un gardien des anciennes règles.

Ned Stark apparaît ainsi comme l'écho des grandes figures historiques emportées par leur propre droiture : Thomas Becket, Warwick, Richard Cœur de Lion. Tous prouvent que l'honneur, sans ruse, peut devenir une faiblesse fatale : la justice des principes finit souvent brisée par la brutalité des trônes.

Les guerriers et survivants

Ils ne sont pas toujours les héritiers d'un trône, mais chacun porte son royaume intérieur : un code, une quête, ou une vengeance. Dans l'Histoire comme à Westeros, ce sont souvent ces figures en marge qui redessinent les lignes du pouvoir.

ARYA STARK - L'ombre au nom effacé

Arya Stark se présente comme une révolte contre l'ordre établi : une enfant qui refuse le rôle assigné de princesse pour choisir la fuite, la dissimulation et la lame. Là où l'Histoire a souvent enfermé les jeunes filles nobles dans le mariage diplomatique, Arya suit la voie des marginaux et des survivants, transformant la clandestinité en force.

Son itinéraire rappelle les enfants perdus des guerres de Cent Ans et de la guerre de Trente Ans : gamins enrôlés, espions improvisés, messagers voués aux dangers. Comme eux, Arya apprend très tôt à survivre dans un univers de violence, forgeant sa résilience dans les ruelles et les fuites.

Elle s'apparente aussi aux figures d'agents secrets et d'espionnes capables de se dissoudre dans l'anonymat. Mata Hari (1876-1917), accusée d'avoir utilisé charme et manipulation à des fins d'espionnage et Nancy Wake (1912-2011), héroïne de la Résistance, en sont deux exemples célèbres. Toutes deux montrent comment le masque, l'ombre et la mobilité deviennent des armes redoutables. Arya, comme elles, transforme la dissimulation en puissance.

Aiguille, lame intime qui incarne la vengeance et la survie ; le masque, signe de l'identité effacée et des mille visages ; le loup solitaire, emblème d'une indépendance absolue. Ils traduisent le double héritage de l'enfant-soldat forgé par la guerre et de l'espionne façonnée par l'invisibilité.

Entre les enfants-soldats des guerres civiles et les agents de l'ombre comme Mata Hari et Nancy Wake, Arya apparaît tour à tour comme survivante, vengeresse et guerrière clandestine. Une silhouette dont le nom s'efface, mais dont l'histoire imprime durablement sa trace.

SANSA STARK - La rose de glace

Au départ simple pion diplomatique, Sansa Stark suit la trajectoire de nombreuses princesses de l'Histoire : promises à des alliances imposées, elles finissaient par transformer leur rôle contraint en souveraineté calculée. Sa trajectoire se distingue de celle de sa sœur Arya : d'abord prisonnière des rêves courtois, elle devient, au fil des épreuves, une souveraine pragmatique.

Son destin évoque Anne de Bretagne (1477-1514), deux fois mariée à des rois de France, utilisée comme gage politique dans le jeu des alliances. Comme Anne, Sansa se trouve d'abord ballotée entre mariages imposés et captivité dans des cours hostiles, symbole d'une jeunesse instrumentalisée par la raison d'État.

Mais, à mesure qu'elle endure, elle rejoint le profil de reines stratèges. Elle se rapproche notamment de Élisabeth Ire d'Angleterre (1533-1603), qui fit de la patience, de la maîtrise des apparences et du contrôle de son image une arme de pouvoir. Comme elle, Sansa comprend que la souveraineté ne réside pas seulement dans les armées mais dans la capacité à inspirer et à manipuler les regards.

On peut encore la comparer à Marie de Hongrie (1505-1558), régente des Pays-Bas au nom de son frère Charles Quint. Gouvernant avec autorité et souplesse, Marie sut conjuguer diplomatie et fermeté. De même, Sansa apprend à manier courtoisie et retenue comme des armes invisibles, sous une façade de fragilité.

La robe, identité façonnée et apparences maîtrisées ; la tour de verre, isolement et prison dorée ; le loup de porcelaine, force cachée sous la fragilité. Ces images révèlent son passage de la princesse-otage à la reine calculatrice.

Ainsi, entre Anne de Bretagne, Élisabeth Ire et Marie de Hongrie, Sansa devient l'emblème de la transformation des princesses contraintes en souveraines stratèges : une rose glacée, fragile en surface, mais d'une solidité redoutable au cœur.

BRAN STARK - Le roi-voyant

Bran Stark s'impose comme une figure rare dans Westeros : celle du souverain sacré, dont l'autorité ne repose pas sur les armes mais sur une aura mystique et une vision qui dépasse la politique quotidienne. Sa trajectoire, de l'enfant paralysé au roi-prophète, rejoint l'histoire de sociétés où le pouvoir s'ancrait dans le religieux et le divin.

Il rappelle les rois sacrés de l'Antiquité, tels les pharaons d'Égypte ou les souverains mésopotamiens, considérés comme médiateurs entre les dieux et les hommes. Comme eux, Bran ne domine pas par la force physique dont il est privé mais par la capacité à voir et à savoir plus que les autres, à incarner une mémoire universelle.

Son parcours fait aussi écho aux mystiques médiévaux, figures inspirées dont les visions guidaient parfois les rois. Hildegarde de Bingen (1098-1179), abbesse visionnaire, ou Sainte Brigitte de Suède (1303-1373), prophétesse reconnue, illustrent cette autorité née d'une perception jugée supérieure. De la même manière, Bran transforme ses visions en pouvoir politique, en autorité spirituelle qui justifie sa légitimité.

Sa fonction de mémoire vivante, dépositaire de l'histoire de Westeros, évoque encore les traditions des chroniqueurs byzantins ou des gardiens des annales impériales chinoises. Dans ces cours, conserver, interpréter et transmettre le passé était un acte de souveraineté. Bran n'est donc pas seulement un roi : il est l'archive incarnée d'un peuple.

La corneille à trois yeux, voyance et mémoire ; le trône, pouvoir terrestre conféré au savoir spirituel ; le bois sacré, racines anciennes de la légitimité. Ils soulignent que sa royauté repose sur la connaissance et le sacré plus que sur l'épée.

Bran Stark apparaît comme l'héritier des rois sacrés antiques, des mystiques médiévaux et des gardiens de la mémoire impériale. Sa légitimité ne naît pas de la conquête, mais de la vision : il est choisi, non pour ce qu'il fait, mais pour ce qu'il sait.

JON SNOW - Le bâtard au serment de fer

Jon Snow appartient à deux archétypes historiques entremêlés : le bâtard héroïque, qui gagne sa légitimité par ses actes et le prince caché, héritier secret dont l'identité bouleverse l'ordre établi. De fils illégitime méprisé, il devient chef de la Garde de Nuit, puis héritier révélé des Sept Couronnes, une ascension tragique et paradoxale.

Son destin rappelle Guillaume le Conquérant, fils illégitime devenu roi d'Angleterre, qui dut imposer sa légitimité par l'épée. Comme lui, Jon grandit dans l'ombre d'un nom incomplet, forgeant sa place par la discipline et la guerre.

L'appartenance de Jon à la Garde de Nuit l'apparente aux ordres militaires du Moyen Âge, tels les Templiers ou les Hospitaliers, où le vœu de sacrifice et la frontière entre civilisation et menace structuraient l'existence. Jon devient le rempart vivant entre les royaumes et le chaos venu du Nord, modèle de l'ordre chevaleresque voué à une mission sacrée.

Sa révélation comme Aegon Targaryen, héritier des Sept Couronnes, évoque les figures d'héritiers cachés : Édouard V d'Angleterre (1470-1483 ?), l'un des « Princes de la Tour », disparu mystérieusement ; Ivan VI de Russie (1740-1764), enfant empereur déchu et emprisonné ; ou encore les imposteurs tels que le faux Dimitri en Russie. Jon n'est pas un imposteur, mais un héritier dissimulé : sa seule existence menace de renverser l'équilibre du pouvoir.

Son rôle de chef réticent évoque encore Cincinnatus, dictateur romain qui sauva la République avant de rendre le pouvoir. Jon, lui, découvre qu'il est l'héritier légitime mais refuse de gouverner par ambition, se rapprochant de figures comme **Charles Quint** (1500-1558), qui abdiqua accablé par le poids d'un empire trop vaste.

Jon Snow est donc à la fois bâtard et roi, guerrier du Nord et héritier du Sud : figure héroïque et tragique, prisonnier d'une identité qui l'élève au trône autant qu'elle l'enchaîne au devoir.

SANDOR CLEGANE - Le chien blessé

Dans l'univers de Westeros, Sandor Clegane s'impose comme un guerrier de l'ombre : redouté pour sa brutalité, méprisé pour son absence de noblesse, mais indispensable aux puissants. Son profil évoque les routiers du Moyen Âge, ces compagnies de soldats de fortune qui écumaient l'Europe, se louant au plus offrant, pillant entre deux guerres et plaçant l'or au-dessus de l'honneur. Pourtant, derrière ce cynisme apparent, Sandor suit un code personnel, plus solide parfois que celui des seigneurs qu'il sert.

Sa vie est marquée par le feu, blessure fondatrice infligée par son frère. Cette cicatrice, à la fois physique et psychologique, le définit autant que son épée. Dans l'Histoire, nombre de combattants portèrent de telles marques : vétérans estropiés, bannis ou rescapés de guerres civiles, transformés en hommes de guerre perpétuels, incapables de revenir à la paix. Comme eux, Sandor reste prisonnier de sa douleur, mais il la retourne en arme : sa rage devient énergie vitale.

Sa relation avec Arya Stark introduit une dimension paradoxale. Derrière la carapace de violence, il se fait protecteur malgré lui, rappelant ces duos inattendus où un tueur endurci devient le gardien d'un héritier fragile. On peut penser aux condottieri italiens qui gardaient des princes captifs, ou encore aux vétérans désabusés qui, dans les temps troublés, protégeaient des enfants promis à la royauté. Ces alliances improbables démontrent que la loyauté peut naître même dans les terres les plus brûlées par la guerre.

Le casque en forme de chien, fureur et fidélité ; l'épée large, violence directe ; la brûlure, traumatisme devenu destin. Autant de signes qui traduisent un personnage façonné par la douleur mais capable, dans sa rudesse, de se dresser contre l'injustice gratuite.

Sandor Clegane rejoint la lignée des mercenaires blessés de l'Histoire : héritier des routiers, des chevaliers bannis et des vétérans brisés. Guerrier marqué par la haine, il demeure pourtant capable d'actes d'humanité, paradoxal soldat qui cache une forme de justice plus authentique que celle des rois.

BRIENNE DE TORTH - La dame de fer médiévale

À l'opposé de Sandor, Brienne de Torth (de « Tarth » dans sa version anglaise) représente une autre anomalie dans l'ordre féodal : une femme qui choisit l'épée plutôt que le mariage, l'honneur plutôt que la soumission. Elle rejoint ces rares figures de l'Histoire qui, transgressant les rôles de leur époque, se sont imposées par le courage dans un monde d'hommes.

Son image évoque immédiatement Jeanne d'Arc (1412-1431), adolescente qui s'imposa comme chef de guerre au nom de la foi et de la patrie. Comme Jeanne, Brienne subit le mépris et l'humiliation, mais chaque duel ou victoire devient pour elle un acte politique : une démonstration que la valeur ne dépend pas du sexe, mais du courage.

On peut aussi la rapprocher de Jeanne Hachette (1454-1478), héroïne de Beauvais, qui en 1472 prit les armes contre les Bourguignons et entraîna la population à la résistance. Brienne partage cette bravoure publique, où le combat féminin devient symbole collectif de défense et de loyauté.

Enfin, son destin rappelle Catalina de Erauso (1592-1650), la « nonne alférez », religieuse espagnole qui s'enfuit de son couvent, adopta une identité masculine et combattit comme soldat dans les armées coloniales. Comme elle, Brienne brouille les frontières entre masculin et féminin, transformant son armure et son épée en véritables blasons, affirmant son identité de chevalier par-delà son sexe.

L'épée, incarnation de l'honneur ; l'armure, identité forgée dans le métal ; la promesse, serment qui scelle sa loyauté. Ils révèlent une personnalité entière : loyale jusqu'au sacrifice, juste jusqu'à la dureté, mais vulnérable derrière la force affichée.

Brienne de Torth rejoint donc la tradition rare mais puissante des guerrières : **Jeanne d'Arc, Jeanne Hachette, Catalina de Erauso.** Elle prouve que l'honneur et la bravoure ne sont pas l'apanage d'un sexe, mais d'une volonté et que la chevalerie peut aussi avoir un visage féminin.

MELISANDRE - La prêtresse aux flammes menteuses

Melisandre se présente comme une mystique charismatique qui, sous couvert de visions divines, s'insinue auprès des puissants et infléchit le cours des royaumes. Entre prophétie et manipulation, elle s'inscrit dans la tradition des prédicateurs exaltés et des conseillers occultes dont l'autorité fut à la fois fascinante et suspecte.

Son image fait immédiatement penser à Girolamo Savonarole (1452-1498), le moine dominicain qui embrasa Florence par ses sermons apocalyptiques. Appelant à la purification morale par le feu, Savonarole fit des flammes un symbole de vérité divine et d'expiation collective. Melisandre reprend cette logique : la lumière de R'hllor devient instrument de terreur et de réforme, brandi contre les infidèles.

Elle renvoie aussi à Grigori Raspoutine (1869-1916), le « starets » russe dont l'influence sur la famille impériale Romanov mêlait guérisons, prophéties et séduction. Comme lui, Melisandre pénètre l'intimité du pouvoir, ici Stannis Baratheon, et exerce sur lui une fascination où se confondent spiritualité, promesse de victoire et attraction érotique.

La flamme, vision et purification ; le collier rouge, mystère, immortalité et séduction ; l'ombre, pouvoir occulte et meurtre rituel. Chaque signe exprime à la fois l'extase mystique et la manipulation politique.

Melisandre prolonge donc deux lignées historiques : celle de **Savonarole**, pour le fanatisme et le feu purificateur et celle de **Raspoutine**, pour l'influence intime et sulfureuse. Elle rappelle combien les visions, qu'elles soient vraies ou fausses, peuvent enflammer un royaume ou l'entraîner vers l'abîme.

THEON GREYJOY - Le prince otage

Theon Greyjoy reflète un autre archétype ancien : celui du prince otage, arraché à sa maison pour garantir la loyauté de son père et condamné à vivre dans une identité fracturée. Entre Stark et Greyjoy, entre héritier de la mer et enfant du Nord, il se construit dans une double appartenance qui ne devient jamais une véritable identité.

Son sort rappelle le système des otages médiévaux, pratique courante dans les traités féodaux. Ainsi Philippe le Hardi (1342-1404), fils du roi de France, fut livré à l'Angleterre après Poitiers en 1356 comme garantie de la rançon de son père. Comme lui, Theon perd son enfance dans une cour étrangère, élevé selon des valeurs qui ne sont pas celles de sa maison d'origine.

On peut aussi rapprocher son destin de celui de Jean II de France (1319-1364), capturé à Poitiers et contraint d'offrir sa propre famille en gages. L'humiliation du prince captif devenait une arme politique, rappelant que l'otage était à la fois un gage et une blessure dynastique. Theon, brisé par Ramsay Bolton, incarne cette logique de domination par l'humiliation et la mutilation.

Ses symboles renforcent ce portrait : le kraken, héritage maritime des Greyjoy ; le loup, marque Stark jamais pleinement sienne ; le corps mutilé, identité brisée par la torture. Ils traduisent une fracture fondamentale : fils de deux mondes, mais héritier de nulle part.

Theon Greyjoy rejoint la lignée des princes otages de l'Histoire, de Philippe le Hardi à Jean II : figures sacrifiées sur l'autel des trêves et des rançons. À travers lui, Westeros rappelle une vérité ancienne : la captivité ne détruit pas seulement des corps, elle déchire aussi les identités.

Quand l'Histoire engendre des archétypes

Dans toutes les civilisations, certaines figures se répètent :

- Le bâtard conquérant (Guillaume le Conquérant, Jon Snow)
- Le roi enfant manipulé (Édouard VI, Tommen)
- La reine intrigante (Marguerite d'Anjou, Cersei)
- Le tyran adolescent (Néron, Joffrey)
- Le condottiere flamboyant (Cesare Borgia, Daario)

Ces visages, qu'ils soient historiques ou fictionnels, témoignent d'une vérité intemporelle : les sociétés projettent toujours leurs espoirs et leurs peurs sur des figures humaines. L'Histoire inspire la fiction, mais la fiction, en retour, grave ces archétypes dans notre imaginaire collectif.

Ces personnages évoluent dans un cadre qui n'est jamais neutre : royaumes, mers et frontières composent une géographie mouvante où se jouent les équilibres du pouvoir.

Conclusion

Les racines du trône

Explorer les dynasties et les figures fondatrices de Westeros revient à descendre sous les pierres visibles du récit, là où se forment les lignes de force qui soutiennent les royaumes. Avant les batailles, avant les ruptures spectaculaires, il existe des héritages anciens, des serments, des territoires transmis et des mémoires collectives. Ce sont eux qui donnent au Trône de Fer son poids et sa dangerosité.

Les grandes maisons ne sont pas de simples familles nobles. Elles sont des constructions politiques façonnées par le temps, la géographie et la nécessité. Chacune porte une conception du pouvoir, parfois implicite, parfois revendiquée : l'honneur comme principe de cohésion, l'or comme instrument de domination, la conquête comme acte fondateur, la sacralisation du sang comme garantie de légitimité. Ces principes orientent les décisions, structurent les alliances et préparent les chutes.

À travers ces lignées se révèle une constante : la stabilité ne naît jamais de la force seule. Elle repose sur un équilibre fragile entre reconnaissance, contrainte et mémoire. Là où cet équilibre se rompt, les dynasties vacillent, même lorsque leurs armées sont redoutables ou leurs trésors immenses. Westeros rappelle ainsi que le pouvoir durable est toujours une construction lente, exposée à l'usure du temps et des hommes.

Les figures qui incarnent ces maisons : rois, conseillers, héritiers ou survivants, ne font qu'exprimer ces tensions à l'échelle humaine. Leurs choix s'inscrivent dans des cadres qu'ils n'ont pas choisis : lignées anciennes, dettes politiques, serments hérités, attentes collectives. Comprendre ces figures, c'est reconnaître que l'individu, même puissant, demeure lié aux structures qui l'ont vu naître.

Ce premier volume s'est attaché à éclairer ces fondations. Il a observé les racines avant les branches, les principes avant les conflits ouverts. Car toute lutte pour le trône est d'abord une lutte pour la légitimité, et toute légitimité s'enracine dans une histoire plus ancienne que ceux qui prétendent l'incarner.

À Westeros, le trône ne repose jamais sur une assise neutre. Il est posé sur des couches successives de conquêtes, de compromis et de violences anciennes. Sous chaque couronne se trouve une mémoire, parfois glorieuse, souvent sanglante, toujours active.

Mais ces dynasties et ces figures n'existent jamais hors sol. Elles s'inscrivent dans des terres, des frontières, des climats et des paysages qui contraignent leurs ambitions autant qu'ils les nourrissent. Montagnes, fleuves, mers et déserts ne sont pas de simples décors : ils façonnent les équilibres politiques, déterminent les alliances et fixent les limites du pouvoir.

Pour comprendre pleinement les forces à l'œuvre à Westeros, il faut désormais quitter les lignées pour parcourir les territoires qu'elles dominent, car aucun trône ne s'élève sans un monde pour le porter.

Valar Morghulis...

Chronologie politique et symbolique

Cette chronologie réunit les moments politiques et symboliques marquants de Game of Thrones. Elle indique à la fois leur place dans la série (saison et épisode) et, lorsque c'est possible, leur équivalent dans les romans de George R. R. Martin (tome et chapitre en VO). Vous pouvez ainsi retrouver facilement chaque scène, à l'écran comme sur la page et vous y replonger selon votre propre regard.

Saison 1

- Mariage de Daenerys et Khal Drogo : alliance diplomatique pour consolider un pouvoir naissant, parallèle aux mariages politiques médiévaux. - S1E1 / Livre : A Game of Thrones, chap. 11 (Daenerys II)
- Ned Stark nommé Main du Roi : institutionnalisation du pouvoir du conseil, modèle féodal. - S1E1 / Livre : A Game of Thrones, chap. 14 (Eddard II)
- Confrontation entre Robert et Cersei sur la légitimité dynastique : question du sang et des héritiers, parallèle avec les guerres de succession. - S1E5 / Livre : A Game of Thrones, chap. 35 (Eddard XI)
- Exécution de Ned Stark : coup de force politique, rupture du pacte féodal → écho à la décapitation de Thomas More ou Charles Ier. - S1E9 / Livre : A Game of Thrones, chap. 65 (Arya XV)
- Naissance des dragons de Daenerys : renaissance du pouvoir charismatique par le feu. - S1E10 / Livre : A Game of Thrones, chap. 72 (Daenerys X)

Saison 2

- Stannis Baratheon proclame ses droits au trône : droit de succession par la loi écrite → rappel des prétentions légalistes médiévales. - S2E1 / Livre : A Clash of Kings, chap. 11 (Davos I)
- Religion de R'hllor avec Mélisandre : usage politique de la foi, parallèle aux croisades et guerres de religion. - S2E1-2 / Livre : A Clash of Kings, chap. 10 (Cressen) & chap. 13 (Davos II)
- Tyrion nommé Main du Roi : centralisation pragmatique du pouvoir. - S2E2 / Livre : A Clash of Kings, chap. 17 (Tyrion II)
- Bataille de la Néra : victoire politique de Tyrion par le feu grégeois, écho aux armes inédites médiévales. - S2E9 / Livre : A Clash of Kings, chap. 62 (Tyrion XIV) & chap. 63 (Sansa VII)

Saison 3

- Mariage de Robb Stark avec Talisa : rupture d'alliance, trahison des codes féodaux. - S3E5 / Livre : A Storm of Swords, chap. 24 (Catelyn II)
- Mariage de Tyrion et Sansa : mariage forcé, instrument politique pour relier deux maisons. - S3E8 / Livre : A Storm of Swords, chap. 53 (Sansa III)
- Les Noces Pourpres : massacre politique, équivalent des grandes trahisons médiévales (Vêpres siciliennes). - S3E9 / Livre : A Storm of Swords, chap. 50 (Catelyn VII) & chap. 51 (Arya XI)
- Daenerys libère Yunkai : légitimation du pouvoir par l'abolitionnisme. - S3E10 / Livre : A Storm of Swords, chap. 57 (Daenerys IV)

Saison 4

- Mariage de Joffrey et Margaery + empoisonnement : mariage politique transformé en régicide. - S4E2 / Livre : A Storm of Swords, chap. 60 (Sansa IV)
- Procès de Tyrion pour régicide : procès politique manipulé. - S4E6 / Livre : A Storm of Swords, chap. 68 (Tyrion IX)
- Mort de Tywin Lannister : assassinat du véritable chef politique de Westeros. - S4E10 / Livre : A Storm of Swords, chap. 72 (Tyrion XI)
- Littlefinger manipule Sansa et prend le Val : ascension machiavélienne. - S4E7-10 / Livre : A Storm of Swords, chap. 80 (Sansa VII)

Saison 5 (au-delà des livres, partiellement basé sur A Feast for Crows and A Dance with Dragons)

- Mariage de Sansa et Ramsay : mariage pour domination. - S5E3 / (pas dans les livres - Sansa n'épouse jamais Ramsay)
- Arya perd son identité mais garde une « sécurité » : rituel initiatique. - S5E3 / Livre : A Feast for Crows, chap. 39 (Arya II) & A Dance with Dragons, chap. 6 (Arya I)
- Cersei : « la foi et la couronne sont les deux piliers de notre monde » - tentative de manipulation du Grand Septon. - S5E3 / (pas dans les livres)
- Margaery Tyrell tente de reprendre l'avantage sur Cersei par le charme et la diplomatie : rivalité de pouvoir. - S5E3 / (pas dans les livres)
- Tyrion face à Daenerys : négociation d'un rôle de conseiller, contrat politique plus que soumission, écho à Machiavel. - S5E8 / (pas dans les livres)
- Arrestation de Margaery et Loras par la Foi Militante : usage inquisitorial de la religion comme arme politique. - S5E6 / Livre : A Feast for Crows, chap. 36 (Cersei VI)
- Stannis sacrifie Shireen : légitimation divine du pouvoir par le sang, parallèle aux sacrifices royaux antiques. - S5E9 / (pas dans les livres)
- Foi Militante contre Cersei : religion opposée à la monarchie. - S5E6 / Livre : A Feast for Crows,

chap. 36 (Cersei VI)

- Cersei humiliée dans sa marche expiatoire. - S5E10 / Livre : A Dance with Dragons, chap. 63 (Cersei II)
- Élection de Jon Snow comme Lord Commander : démocratie militaire. - S5E2 / Livre : A Storm of Swords, chap. 80 (Samwell V)
- Assassinat de Jon Snow par ses frères : conjuration à la César. - S5E10 / Livre : A Dance with Dragons, chap. 84 (Jon XIII)

Saison 6

- Bataille des Bâtards : guerre de propagande. - S6E9 / (pas dans les livres)
- Cersei détruit le Grand Sept au feu grégeois. - S6E10 / (pas dans les livres)
- Couronnement de Cersei : première reine par usurpation. - S6E10 / (pas dans les livres)
- Hodor et « Hold the door » : fatalité historique. - S6E5 / (pas dans les livres)

Saison 7

- Jon rencontre Daenerys : négociation diplomatique. - S7E3 / (pas dans les livres)
- Alliance Jon & Daenerys contre le Roi de la Nuit : coalition sacrée. - S7E7 / (pas dans les livres)
- Réunion à Fossedragon : conférence façon congrès de Vienne. - S7E7 / (pas dans les livres)
- Exécution de Littlefinger par Sansa. - S7E7 / (pas dans les livres)

Saison 8

- Jon révèle son ascendance à Daenerys : guerre de succession façon Deux-Roses. - S8E2 / (pas dans les livres)
- Discours de Daenerys à Winterfell : idéologie révolutionnaire. - S8E4 / (pas dans les livres)
- Jon refuse d'être roi : figure de Cincinnatus. - S8E4 / (pas dans les livres)
- Destruction de Port-Réal : terreur politique, Carthage. - S8E5 / (pas dans les livres)
- Tyrion démissionne comme Main. - S8E5 / (pas dans les livres)
- Mort de Cersei sous les ruines. - S8E5 / (pas dans les livres)
- Élection de Bran comme roi : monarchie élective. - S8E6 / (pas dans les livres)
- Sansa proclame l'indépendance du Nord. - S8E6 / (pas dans les livres)
- Exil de Jon Snow au-delà du Mur. - S8E6 / (pas dans les livres)

Bibliographie

Sources littéraires et influences

- George R. R. Martin, A Song of Ice and Fire (1996-), Bantam Books.
- George R. R. Martin, Fire & Blood (2018), Bantam Books.
- Maurice Druon, Les Rois Maudits (1955-1977), Plon.
- William Shakespeare, Macbeth ; Richard III (édition Folio classique).
- Marianne Chaillan, Game of Thrones, une fin sombre et pleine de terreur (2019), Équateurs.

Sources audiovisuelles

- Game of Thrones (2011-2019), série télévisée, créée par David Benioff & D. B. Weiss, HBO.
- House of the Dragon (2022-), série télévisée, créée par Ryan Condal & George R. R. Martin, HBO.
- Game of Thrones: The Last Watch (2019), documentaire réalisé par Jeanie Finlay, HBO.

Histoire médiévale et dynasties

- Dan Jones, The Wars of the Roses (2014).
- Jean Favier, La Guerre de Cent Ans (1980).
- John Julius Norwich, Byzantium: The Decline and Fall (1995).
- Else Roesdahl, The Vikings (1991).
- Leonie Frieda, Catherine de Médicis (2003).
- Alain Demurger, Les Templiers. Une chevalerie chrétienne au Moyen Âge (1998).
- Christopher Tyerman, God's War: A New History of the Crusades (2006).
- Michael Prestwich, Armies and Warfare in the Middle Ages: The English Experience (1996).

Études critiques sur GoT et la fantasy

- Carolyne Larrington, Winter is Coming: The Medieval World of Game of Thrones (2016).
- Shiloh Carroll, Medievalism in A Song of Ice and Fire and Game of Thrones (2018).
- Farah Mendlesohn & Edward James, A Short History of Fantasy (2009).
- Brian Attebery, Stories about Stories: Fantasy and the Remaking of Myth (2014).

Sources en ligne

- A Wiki of Ice and Fire : https://awoiaf.westeros.org/
- Wiki Game of Thrones (fandom) : https://gameofthrones.fandom.com/fr/wiki
- Wiki La Garde de Nuit : https://lagardedenuit.com/wiki/

Chaînes YouTube francophones

- Mestre Thibaut - Guide de la saga : analyses de lieux, clans et intrigues.
- La Garde de Nuit - Communauté et approfondissement de la saga.

Chaînes YouTube anglophones

- Alt Shift X - Analyses claires et détaillées : intrigues, peuples, prophéties et mystères de la saga.
- Game of Thrones Academy - Approche académique : psychologie des personnages et dynamiques de pouvoir.

Clés de lecture

Banquet royal médiéval

Repas cérémoniel des cours européennes, où le faste, l'ostentation et la mise en scène servaient autant à impressionner qu'à transmettre des messages politiques implicites. Les banquets pouvaient devenir des lieux de rumeurs, d'alliances... ou de trahisons.

Black Dinner

Banquet écossais de 1440 au cours duquel le jeune comte de Douglas fut invité puis exécuté au château d'Édimbourg. Événement historique ayant directement inspiré le Red Wedding de George R. R. Martin.

Border Reivers

Clans vivant aux confins de l'Angleterre et de l'Écosse entre le XIVᵉ et le XVIIᵉ siècle. Leur culture de la violence frontalière, des raids et de la loyauté clanique évoque fortement l'identité du Nord et des Stark.

Byzance (Empire romain d'Orient)

Empire médiéval centré sur Constantinople (330–1453), célèbre pour son raffinement, ses intrigues politiques complexes et sa longévité institutionnelle. Modèle récurrent pour les capitales impériales et les cours décadentes.

Compagnies de mercenaires médiévales

Groupes armés professionnels actifs en Europe aux XIVᵉ et XVᵉ siècles, louant leurs services aux princes et aux cités. Leur loyauté dépendait du paiement, non du serment.

Condottieri

Capitaines de mercenaires italiens de la fin du Moyen Âge, figures centrales des guerres entre cités-États. Ils illustrent la professionnalisation de la guerre et la dissociation entre noblesse et commandement militaire.

Guerre de Cent Ans

Conflit franco-anglais (1337–1453) mêlant revendications dynastiques, fidélités féodales et ambitions territoriales. Elle constitue un arrière-plan historique essentiel pour comprendre les tensions entre maisons rivales.

Guerre des Deux-Roses
Guerre civile anglaise (1455–1487) opposant les maisons d'York et de Lancastre. Source d'inspiration majeure pour la Guerre des Cinq Rois et les conflits dynastiques de Westeros.

Héritage féodal
Système de transmission des terres et des titres fondé sur la primogéniture, favorisant l'aîné et marginalisant les cadets. Ce mécanisme explique de nombreuses rivalités familiales et ambitions personnelles.

Mayorazgo
Institution juridique espagnole garantissant l'indivisibilité du patrimoine transmis à l'aîné, afin de préserver la puissance d'une lignée sur plusieurs générations.

Massacre de Glencoe
Écosse, 1692 : massacre du clan MacDonald après avoir accepté l'hospitalité de soldats royaux. Exemple emblématique de trahison politique sous couvert de paix.

Plantagenêt
Dynastie royale anglaise (XIIᵉ–XVᵉ siècles), marquée par des conflits internes violents, des successions contestées et une autorité souvent fragilisée par les querelles familiales.

Primogéniture
Principe juridique selon lequel l'aîné hérite de l'essentiel du patrimoine et des titres. Source structurelle de tensions, de jalousies et de conflits entre frères et sœurs.

Raubritter
« Chevaliers brigands » du Saint-Empire romain germanique, nobles appauvris vivant du pillage et du rançonnage. Ils incarnent la dérive violente de la noblesse en perte de légitimité.

Société féodale
Organisation politique fondée sur des liens personnels de vassalité, d'honneur et de protection. Le pouvoir y est fragmenté, négocié et instable, reposant autant sur la loyauté que sur la contrainte.

Trahison féodale
Rupture d'un serment de loyauté entre suzerain et vassal. Dans les sociétés médiévales, la trahison est perçue comme l'un des crimes politiques les plus graves.

Violence dynastique
Forme de violence exercée à l'intérieur même des familles dirigeantes : fratricides, complots successoraux, élimination des héritiers rivaux. Elle constitue un moteur central de l'Histoire politique médiévale.

Note sur l'auteur

Marco Macaluso s'intéresse aux récits qui façonnent notre rapport au pouvoir, à la mémoire et au sens.

À travers ses essais, il explore les zones de friction entre fiction, Histoire et expérience humaine, convaincu que les mondes imaginaires, comme les traditions anciennes, révèlent souvent plus sur notre monde que les discours officiels.

L'Ombre du Trône de Fer s'inscrit dans une réflexion plus large consacrée à ces territoires où se rencontrent légende, mythe et Histoire, et ouvre une série d'ouvrages interrogeant les formes visibles et invisibles du pouvoir.

Édition Épopée Nocturne

Première édition imprimée
Impression Amazon

www.ingramcontent.com/pod-product-compliance
Lightning Source LLC
LaVergne TN
LVHW010939110826
845149LV00013B/2674
* 9 7 8 2 9 6 0 4 1 4 2 0 2 *